알렉세이 바를라모프(Alexey Varlamov)

1963년 러시아 모스크바에서 태어났다. 모스크바국립대학교를 졸업하고 동대학원에서 박사학위를 받았다. 모스크바국립대학교 어문학부 교수로 재직하였으며 현재 고리키문학대학 총장이다. 러시아 작가협회 회원이며, 러시아 대통령 산하 문화위원회 위원이다. 삼성이 후원하는 '야스나야 폴랴나상' 심사위원이다.

1987년 단편소설 『바퀴벌레』로 등단하여 『바보』(1995), 『탄생』(1995), 『침몰한 방주』(1997), 『교회의 돔』(1999) 등을 썼다. 작가 전기로는 『프리시빈』(2003), 『알렉산드르 그린』(2005), 『알렉세이 톨스토이』(2006), 『미하일 불가고프』(2007) 등을 써서 호평을 받았다. 평론과 소설을 합친 장르인 『머릿속의 늑대』(2014)는 게르마니카 감독에 의해 2019년 영화로 만들어졌다. 평론으로는 「살해」(2000), 「차세기에 남겨졌다」(2001) 등이 있다. 그의 작품은 러시아뿐만 아니라 해외에서도 알려져 있으며 여러 언어로 번역 출간되었다.

'안티부커상'(1995), '로만-가제타상'(1998), '솔제니친상'(2006), '학생부커상'(2015), '창원KC국제문학상'(2015), '러시아정부문학상'(2018) 등 권위 있는 문학상을 수상하였다.

탄생

이 책은 러시아 문학번역원으로부터 번역비를 지원받았습니다.
Published with the support of the institute for Literary Translation, Russia.

탄생

РОЖДЕНИЕ

알렉세이 바를라모프 장편소설
라리사 피사레바 · 전성희 옮김

상상

목차

제1부 …… 7

제2부 …… 71

제3부 …… 121

작가의 말 …… 192

옮긴이의 말 …… 194

제1부

1

 만 5개월이 되었을 무렵, 태아가 엄마 배 속에서 처음으로 꿈틀거렸다. 아기의 조그맣고 부드러운 손발이 이미 오래전부터 유연한 자궁벽을 스치고 있었지만, 그 움직임이 너무 미약해서 여자는 감지하지 못하고 있었다. 방금 살짝 닿는 느낌을 받은 여자는 떨리는 마음으로 귀를 기울였다. 다시 태동이 느껴졌을 때, 그 순간 여자 얼굴을 누군가 봤다면, 아무리 냉혈한이라 해도 불완전하고 불공평한 이 세상 모든 것들에 대해 상당히 관대해졌을 것이다. 하지만 커다란 털북숭이 개 말고는 그녀를 보고 있는 사람은 아무도 없었다. 남편은 숲으로 떠났고, 쌀쌀한 가을날 넓은 아파트에는 그녀 혼자였다. 이 아파트는 견고하고 그럴듯하게 잘 지어진 데다 치안도 괜찮아서 제법 잘나가던 시절도 있었지만 이제는 점점 낡은 티가 났다.
 서른다섯 살에 첫 임신을 하게 된 여자는 나이도 많고 그리 건강 체질도 아닌 데다 몸도 허약해서 걱정이 이만저만이 아니었다. 그녀는 필요한 검진들을 열성적으로 다 받았다. 의사들은 그녀가 임신하기 힘들 거라든가, 혹은 임신을 한다 해도 조산하게 될 거라고 경고하기도 했지만, 구체적으로 뭐가 나쁜지 말해주는 사람은 아무도 없었다.

대부분 뻔한 조언들만 해주어서, 최근 몇 달 동안 여자는 불안한 상태로 자기 몸 깊은 곳에서 일어나고 있는 일들을 예의 주시하고 있었다.

이렇게 걱정스럽고 불안한 상태였기 때문에 여자는 남편이든 어머니든 가까운 친구들이든 그 누구에게도 자신의 상황에 대해 알리지 않았다. 부정 타서 재수 없는 일이 생길지도 모르고, 혹은 상대방이 어설프게 축하 인사를 하거나, 호기심을 보이거나, 깜짝 놀라거나 하는 따위의 반응을 보이는 것이 꺼려졌기 때문에 여자는 혼자만 비밀로 간직하고 있었다.

그녀는 결혼 12년 차였다. 대를 이어야 한다면서 입을 모아 떠들어대던 친척과 지인들은 언제부터인가 점차 입을 다물게 되었다. 다들 그녀가 결코 애를 낳지 못할 거라고 확신한 지 오래됐기 때문이다. 그들이 침묵하게 되자 여자도 자신의 불임을 자연스레 받아들이고 있었는데, 오랜 기다림 끝에 포기하기로 마음먹었던 일이 갑작스레 닥치자 여자는 묘

한 전율에 사로잡혔다. 그녀는 오래 고민했고, 스스로도 믿기지 않았다. 그녀가 늘 인상을 쓰며 피해 다녔던, '부인과 상담'이라는 조잡한 명칭을 가진 시설에서 확인해주기 전까지는 말이다. 의사는 "임신이네요. 8주 정도 됐겠는데요. 낳으실 거예요?" 하고 무례하게 여겨질 정도로 냉담하게 말했다. 하지만 그녀가 의사의 말을 단칼에 자르며 당연히 출산할 거라고 말하자, 으레 보이던 태도를 바꿔 좀 더 친절하고 조심스럽게 대하며 한 달 뒤에 임신부 등록을 하라고 안내했다.

그녀는 이 모든 상황이 이상하고 납득이 되지 않았다. 더욱이 최근 몇 년 동안 그녀는 남편을 가까이한 적도 별로 없었다. 그들은 사랑해서 결혼한 게 아니라 뭔가에 현혹돼서 결혼했던 거였고, 이미 오래전부터 습관처럼 그냥 그렇게 살고 있을 뿐이었다. 욕망은 서로에 대한 배려로 변했다가, 나중에는 이런 배려마저도 사라져버렸다. 이게 좋은 건지 나쁜 건지, 왜 이렇게 된 건지, 다른 방법은 없었는지 그녀로서는 알 수 없는 일이었다. 아이가 없다는 사실은 단순히 슬프기만 한 게 아니라 그녀의 인생까지도 무의미하게 만들었다. 남편도 힘들어했지만 그녀는 아는 척하지 않았고, 아이에 대해 남편과 얘기를 나눈 적도 없었다. 잘잘못을 따지게 되는 경우라도 생길라치면, 그녀는 모든 것을 자신의 탓으로 돌리고, 자기가 잘못을 뒤집어썼다. 그녀는 자신이 왜 이렇게 오랫동안 임신할 수 없었는지 내심 짚이는 바가 있었다. 친정부모와 시부모 모두 손주를 너무나 간절히 기다렸는데, 이 기대가 오히려 그녀에게는 큰 부담이 되었다. 그녀는 남편과 잠자리를 함께하는 동안에도 이 생각이 끈질기게 달라붙어 긴장됐다. 그러다 보니 시간이 지날수록 부부관계는 매력을 잃게 되었고, 그녀로서는 따분하고 피곤한 의무로만 여겨졌기 때문에 온갖 핑계를 대며 피해왔던 것이다.

남편한테는 아내로서 별로였을 테지만, 아무튼 그녀는 그도 그의 인생에도 관심이 없었다. 부부니까 같이 사는 건 어쩔 수 없는 일이라 쳐도, 이 세상에는 자녀가 없는 부부가 수백만은 될 테고, 그들 가운데 행복한 부부가 수십만은 될 것이며, 설혹 행복하지 않다 하더라도 그 원인은 다른 데 있을 거라 스스로에게 되뇌어보았다. 하지만 이런 논리들은 그녀에게 별 도움이 되지 못했다.

남편은 불만을 드러낸 적이 한 번도 없었다. 죽어라 일만 했으며, 휴일이나 명절 때는 종종 숲에 갔다가, 푹 쉬어서 쌩쌩해진 모습으로 돌아오곤 했다. 그는 자기 방식으로 그녀를 자상하게 대했으나, 그녀는 언젠가는 자신이 혼자 남게 될 거라는 생각이 은연중에 들곤 했다. 그래서 늘 마음의 준비를 하고 있었기 때문에, 남편이 어느 날 갑자기 떠난다고 해도 전혀 놀라지 않았을 것이다. 그녀는 남편이 떠나지 않는 이유는 단 하나, 그게 고상하지 못한 일이라고 착각하고 있기 때문이라고 여겼다. 하지만 이 모든 것이 현명하고 침착했던 그녀를 의심 많고 별 볼일 없는 여자로 만들어버렸다. 남편의 전화 통화를 엿듣고, 남편이 어디선가 늦게 오면 신경이 곤두섰다. 지긋지긋하고 역겨운 일상에 허우적대며 살았다.

이런 감정은 남편이 바람을 피우고 있다는 생각만큼이나 그녀를 굴욕적이고 지극히 초라하게 했다. 이따금 그녀는 자신이 먼저 떠남으로써, 지금 사랑하지는 않아도 존중하고는 있는 이 남자를 놓아주어야 하는 것은 아닐지 진지하게 고민하기도 했다.

그녀는 이를 실행에 옮기려고도 했었다. 몇 년 뒤 그녀가 더 의존적이고 나약해질 때보다는 지금 떠나는 게 더 나을 것 같았다. 그런데 그녀가 헤어지기로 마음먹었던 바로 그 여름에 졸음, 피로, 구역질 같은 불쾌한 증세가 나타나기 시작한 것이다. 전에도 이런 증세를 보인 적이 있었다. 그녀는 종종 무엇에 홀린 것처럼 상상임신을 했다가, 나중에 쓰디쓴 실망을 경험하곤 했다. 그런데 이제는 신싸로 임신을 히게 되었고, 이것은 입 밖으로 내뱉지 못한 비난과 속마음들, 자신의 모든 의심들을 다 잊게 만들었다.

하루가 다르게 변해가는 자기 몸이 남의 몸처럼 여겨지고, 감정 기복은 훨씬 더 심해졌다. 여자에게 지난여름 몇 달 동안은 거의 공포에 가까웠다. 시시때때로 울고 싶어지기도 하고, 자신이 말도 못할 정도로 딱하게 여겨지기도 하면서, 그녀 자신조차도 납득할 수 없는 상태가 되고는 했다. 그녀는 자신이 아무런 보호도 받지 못하는 가련한 존재인 데다가, 외롭고, 아무짝에도 쓸모없는 인간이라는 생각을 지금껏 해본 적이 없었다. 세상이 자신에게 그렇게 적대적이거나 잔인하다는 생각도 해본 적이 없었다. 그런데 이제는 집에 혼자 있는 것도 두려웠고, 밖에 나가는 것도 두려웠으며, 어딘가 차를 타고 다니는 것도 두려웠다. 전차에 무슨 일이 생기거나, 지하철 객차에 불이 나거나, 테러리스트들이 설치한 폭탄이 터지거나, 어둠 속에서 살인자나 조현병 환자가 달려들지도 모른다는 생각들이 내내 머릿속을 떠나지 않았다. 그녀는 자신의 두려움에 대해 남편에게는 한마디도 하지 않았다. 하지만 최근 몇 년 동안 아무런 말이 없어 그녀를 신경 쓰이게 만들 뿐인 남편일지언정 본능적으로 그에게 의지하고 있었다.

물론 그가 조금만 관심을 가졌더라면 이 모든 것을 알아챌 수 있었을 테지만, 그는 자기 일만으로도 너무 바쁜 사람이었다. 여자는 남편의 무심한 눈길과 마주칠 때면, 잔뜩 움츠러들면서 모든 것을 자기 안에 감추고는 했다. 그녀는 마치 어떤 껍질 안에 사는 것처럼 자기 몸을 방어하고 돌보며 비싼 그릇 다루듯이 하면서 지냈다. 그녀에게는 심지어 검사용 소변통도 태아와 관련된 것이기 때문에 큰 의미가 있어 보였다.

뜨겁지는 않았지만 후덥지근하고 눅눅했던 그해 여름은 그렇게 정신없이 지나갔다. 가을이 되어서야 여자는 비로소 좀 나아졌다. 물밀듯이 찾아오던 어지럼증도 없어졌고, 정신이 까무룩 해지는 일도 없었다. 이제 진정되어 안정을 되찾았다. 그녀의 몸속 깊은 곳에 살고 있는 조그마한 아기는 그녀가 산책할 때나 잠잘 때나 일하러 갈 때나 늘 그녀와 함께였다. 세상은 여전히 그녀에게 호의적이지 않았지만, 태동을 느낀 후부터 그녀는 그다지 외롭지 않았다.

여자는 창가로 다가가 커튼을 걷었다. 강한 바람에 샛노란 나뭇잎들이 우수수 날리고, 빗줄기가 후드득 떨어지고 있는 웅덩이로도 젖은 잎들이 내려앉았다. 하늘도, 땅도, 펄러덕거리는 비옷 차림에 우산을 간신히 붙잡고서 고개 숙인 채 급하게 걷고 있는 행인들도 모두 다 후줄근헤 보였다.

여자의 산달은 내년 2월은 되어야 한다. 앞으로 가을을 거처, 길도 미끄럽고, 눈더미가 쌓이고, 땅거미는 일찍 찾아들고, 밤은 길고 먹먹한 겨울이 절반도 더 지나야 한다. 그녀는 두렵기도 했지만, 시간이 빨리 갔으면 하는 마음도 있었다. 아직은 배가 눈에 띌 정도로 나오지는 않았지만, 임신 사실을 숨길 수 있는 시간은 얼마 남지 않았다. 구경거리라도 생긴 듯 문간에 서서 쳐다보고 있을 노친네들과 이웃집 사람들, 직장 동료들과 친척들, 새로운 수근거림들, 소문들, 평소 그녀에게 그다지 호의적이지 않았던 사람들이 짐짓 걱정하는 척하는 모습들, 이런 것들을 떠올리다 보니 여자는 우울해졌다.

창밖에는 여전히 비가 내리고 있었다. 여자는 천천히 옷을 걸쳐 입고는 개를 데리고 밖으로 나갔다. 이런 날씨에 산책하는 것이 그다지 내키지는 않았지만, 운하를 따라 수문 옆을 거닐었다. 마지막 바지선들이 위로는 볼가강으로 아래로는 오카강으로 떠났고, 바람은 나뭇가지에 걸려있는 젖은 빨래를 잡아당기고 있었으며, 털모자와 방수 망토 차림의 선원은 무심하게 사방을 둘러보며 갑판을 어슬렁거리고 있었다. 선장은 북서쪽 외곽에 있는 이 수문이 얼마나 버틸 수 있을지 가늠해 보며, 빗물 흐르는 선창 너머를 역시 무심하고 나른한 시선으로 바라보고 있었다.

2

 마을까지 3km가 채 남지 않은 지점에서 남자는 길을 잘못 들었다. 지름길로 가려고 숲을 곧장 가로질러 갔는데, 반 시간이 지나자 길을 잃었음을 깨달았다. 진작 마을이 나타났어야 했는데, 전나무와 소나무가 아닌, 헤치고 지나가기도 불편하고 힘든 키 낮은 오리나무가 보이면서 숲은 점점 더 음습해졌다. 이 지역은 모스크바에서 북쪽으로 멀리 떨어져 있었다. 여기는 벌써 비가 아닌 눈이 내렸고, 아침은 꽤 쌀쌀한 데다, 낮에도 웅덩이가 녹지 않았다. 눈에 잘 띄지 않는 숲길 가장자리를 따라 꽁꽁 얼어붙은 노랑버섯과 송이버섯이 보였다.

 7시가 되자 땅거미가 지기 시작했다. 남자는 이번에 개를 데려오지 않은 것을 후회했다. 잘 알지 못하는 숲이니 여기에서 밤을 보낼 수밖에 없었다.

 그는 뽕나무버섯이 단단하게 붙어 있는 쓰러진 나뭇등걸에 걸터앉아 담배가 얼마나 남았는지 세어보았다. 담배는 먹을 것이 없을 때 밤을 버틸 수 있는 유일한 것이었다. 남은 여섯 개비 가운데 네 개비는 온전하고 두 개비는 부러져 있었다. 부러진 담배에 불을 붙이자 담배가 간신히 타올랐다. 땅에서도 나무에서도 하늘에서도 추위가 엄습했고, 어둠이 짙어지자 다소 겁이 났다. 모닥불을 피우기 위해 필요한 도끼도 갖고 있지 않았다. 그는 차갑게 얼어붙은 흐린 하늘과 위로 뻗어 있는 앙상한 가지 끝을 침울하게 바라보고는, 아직 뭔가 보이는 동안 조금이라도 더 걷기로 하고 배낭을 멨다. 나뭇가지가 그의 얼굴을 후려치기도 하고, 쓰러진 나무줄기와 사방으로 뻗은 나뭇가지에 발이 걸려서 여러 번 넘어지고 신발도 해졌지만, 고집스럽게 걸은 보람은 있었다.

30분쯤 지나자 짙은 어둠 속에 드문드문 서 있는 나무 뒤로 수면이 반짝이는 듯하더니 숲속 호수가 보였다. 가장자리가 질척거리고, 휘어진 작은 소나무들로 둘러싸인 호수는 꽤나 그럴듯해 보이기도 했지만, 불길한 느낌이 좀 더 강하게 들었다. 그는 여기 와 본 적은 없었지만, 호숫가 어딘가에 통나무집이 있다는 현지인들의 말을 들은 적이 있어서, 통나무집이 보일 때까지 있는 힘을 다해 캄캄한 물가를 따라 걸었다.

처음에 그는 자기한테 운이 따라줄 거라고는 기대도 하지 않았다. 통나무집을 찾은 그는 안으로 들어가 성냥불을 켰다. 탁자 위로 등유 램프, 차가 들어 있는 통, 머그컵, 통조림, 장작, 톱밥, 도끼, 낚시도구 등이 보였다. 통나무집에 누가 살고 있었거나 사람들이 계속 드나들었던 모양이다. '보드카만 없군.' 그는 반색을 하며 속으로 이렇게 말하긴 했지만, 그렇다고 해서 보드카가 당기는 것도 아니었다.

그는 10분 정도 꼼짝 않고 앉아, 통나무집에서 풍기는 냄새와 편안함을 만끽하며 담배를 피웠다. 그러고는 페치카에 불을 지피고 물을 길어 온 다음, 감자를 씻어서 삶으려고 올려놓았다. 이제 서둘러 갈 곳이 있는 것도 아니기 때문에 그는 이 모든 작업을 평소처럼 꼼꼼하게 해냈다. 도시인들이나 숲에서 이런 단순한 일을 할 때마다 말로 형용할 수 없는 특별한 즐거움을 느끼는 법이다. 저녁 9시가 넘어 통나무집 안이 완전히 따뜻해지자, 그는 호수 물로 끓인 차를 마시며 불 옆에 앉아 독한 '아스트라' 담배를 피웠다. 그러고는 자신의 생각 속으로 서서히 빠져들다 졸기 시작했다.

그는 불과 몇 년 전까지만 해도 이런 통나무집이나 숲에 그다지 마음이 끌리지 않아서 그저 건성건성 보고 지나쳤을 뿐이다. 그는 지나치게 야심만만했으나 자신이 역부족임을 알고 괴로워했고, 그래서 뭐든 집요하게 밀어붙이곤 했다. 이제는 다 지나간 일이다. 차분하면서 잔잔한 지금의 생활을

'행복'이라 일컫는다면 너무 거창하게 들릴 수도 있다. 그의 여유일 수도 있으나, 그렇다고 해서 그의 여유로움이 누군가에게 해를 끼치는 것도 아니지 않은가. 자존감 있는 남자라면 사업에 뛰어들어 인정을 받아 성공을 거두는 목표쯤은 품고 있어야 한다고 여겼던 시절도 있었지만, 이제 그런 건 다 시시해졌고 전혀 다른 것들에 가치를 두게 되었다. 너무 늙은이 같은 생각일지도 모르지만, 전에는 여행을 하고 유난을 떨면서 사람들을 만나러 다니고, 신나고 흥미진진한 인생을 꿈꾸기도 하고, 명성을 날리고 우쭐대기도 하면서, 하찮은 일에 힘을 쏟는 사람이나, 높고 좁은 길에서 검소하게 살아가는 평범한 길로 노선을 바꾼 사람들을 경멸해왔던 그가, 이제는 기획자로 불리면서, 사람이 절반은 흩어져서 떠나 조용한 대학연구소에 다니는 것에 만족했고 그 어떤 경력도, 해외에서 그를 초청하는 일 따위도 기대하지 않았다. 그는 1년에 두 번, 5월과 9월에 아르한겔스크주와 볼로그다주의 경계에 있는 외딴 마을에 사는 테쿠자라는 이상한 이름을 가진 구두쇠 할멈에게 갔던 때를 자기 인생의 가장 좋은 시절이라고 여겼다. 그 노파는 소시지빵과 캐러멜 2kg을 받고 커다란 통나무집에 있는 방을 그에게 빌려주고는, 술도 마시지 않고 예의 바른 자기 손님을 무척이나 자랑스러워했다. 게다가 그는 사냥꾼도 낚시꾼도 버섯 채취꾼도 아니었고, 자연을 대할 때 돈으로 따지거나 욕심을 부리지도 않았다. 그는 그냥 숲을 사랑했고, 숲의 새나 짐승이 놀라지 않도록 느린 걸음으로 조용히 걸었다. 그는 숲 냄새를 맡고 숲의 소리를 듣는 것을 좋아했다. 그는 딸기나 버섯을 한 광주리 따기도 했는데 그냥 따는 즐거움을 누릴 뿐이었다. 마을 사람들은 그를 이해하지 못했다. 그가 단지 도시인, 외지인이기 때문에 빈둥거린다고만 생각했다. 그는 하루 종일 사람뿐만 아니라 그 어떤 존재의 흔적도 만나지 않는 것이 마냥 좋았다.

그가 정말로 좋아하는 장소는 여기가 유일했기 때문에, 몇 년 후에는 이 마을이나 그 통나무집으로 완전히 이사를 해야겠다는 생각을 할 때도 있었다. 그렇게 하면 그의 최상의 목표와 최악의 목표들이 묻혀 있는 삶, 불운과 오해와 비정함으로 상처 입은 삶을 잊고 살 수 있을 테고, 그가 잘못해서 풀리지 못한 삶이든, 혹은 이뤄내긴 했지만 알아봐 주는 사람이 별로 없을 만큼 완벽하지 못해서 안 풀린 것으로 보이는 삶이든 몽땅 잊을 수 있을 것이다. 그는 시기심 때문에 친구들을 잃었다. 그는 자신과 가까운 사람들이 성공할수록 더 화가 났다. 잠시 만나다 이내 흥미를 잃어버린 여자들도 몇 명 있었다. 그녀들은 그의 따뜻함을 원했지만 그는 차가웠다. 아내는 그를 전혀 이해하려 들지 않았고, 남처럼 무심하게 대했다. 그녀의 유일한 장점은 그가 원하는 대로 살도록 내버려 둔 것이었다. 만일 10년 전에 누군가 그에게 앞으로 모든 것이 그렇게 따분하고 무덤덤하게 흘러갈 거라고 말했다면 그는 절대 믿지 않았을 것이다. 그는 지나치게 자만했던 탓에 일찌감치 무릎 꿇고 포기하게 됐지만, 지금으로서는 그가 겪었던 일이 차라리 잘 된 것인지 아닌지는 알 수 없는 일이다. 어쨌든 그의 운명이 그다지 슬픈 것만은 아니었다. 적어도 그는 자유롭고 건강한 데다, 숲과 초목들과 시냇물을 즐기면서, 자신이 헛산 것은 아니라고 여길 만큼 아직 충분한 시간과 기력도 있었다.

페치카에 있는 장작이 다 타면, 남아 있는 열이 빠져나가지 않으면서 일산화탄소에 중독되지 않도록 바람구멍을 언제 닫을지 정확히 예측해야 한다. 워낙 세심한 작업이다 보니 이따금 실수하기도 했다. 하지만 오늘 저녁을 망칠 수는 없으니 지금은 실수하고 싶지 않았다. 장작불은 빨갛고 노란 열기를 뿜어대며 활활 타오르면서 일렁이고 있었고, 숯덩이 위로 재가 날리면서 얇게 층져 있는 것이 보였다. 그는 페치카에서 떨어져 앉아, 호수 쪽으로 나 있는 거미줄 쳐진 작은 창에 비치는 불빛을 바라보았다. 누가 이 통나무집을 지어서 이렇게 잘 관리하고 있는 걸까? 어떻게 도둑도 안 들고, 화재도 나지 않고 온전하게 남아 있는 거지? 한참 외진 곳에 있는 이런 숲을 하릴없이 어슬렁거리는 사람이 요즘은 별로 없는지도 모르지. 어쨌든 눅눅한 숲에서 밤을 새울 뻔했던 그를 구해줬을 뿐만 아니라, 행복감까지 선사해준 그 누군가에게 그는 감사했다.

남자는 페치카를 닫고 통나무집에서 나와, 나무다리를 건너 호수 가까이 가보았다. 호수 크기가 얼마나 되는지 가늠할 수 없지만, 그가 보기에는 물방울 모양으로 생긴 작은 호수였다. 그런 호수는 대부분 수심이 제법 깊기 마련이어서, 무서울 것 없는 거대한 물고기들이 있을지도 모른다는 생각을 하니 가슴이 두근거렸다. 아가미를 천천히 움직이며 어딘가에 있는 구멍 속에서 잠을 자다가, 아주 간간이 수면 위로 올라와 자신의 위용을 떨치는 그런 물고기 말이다. 후끈했던 통나무집에 있다가 나오니 그다지 추위가 느껴지지 않았다. 그는 시커먼 물과 하늘을 둘러보면서 호숫가에 한참을 서 있었다. 하늘은 약간 밝아졌고, 뭉게구름 너머로 아주 간간이 별이 빛났다. 이제 꽤 추워졌지만 자리를 뜨기가 아쉬웠다. 그는 호수와 숲 내음이 뒤섞인 이들의 느낌을 기져기기리도 하려는 듯 다리 위에 하염없이 서 있었다. 그러다 불현듯, 세상과 삶, 존재 자체가 말할 수 없이 감사하게 여겨지면서도, 이런 밤을 더 이상 경험하지 못할 거라는 우울하면서도 또렷한 생각이 그를 사로잡았다. 왜 그런 생각이 들었는지, 뭣 때문에 여기 다시 올 수 없는 건지 그 자신도 설명할 수 없었지만, 그가 떠나더라도 호수와 통나무집은 남아 있을 거라 생각하니, 적막하고 화창한 날에 뿌연 병실 창문을 통해 하늘을 내다보는 중환자처럼 마음이 쓸쓸해졌다.

통나무집으로 돌아온 그는 우울한 기분인 채로 투박한 침상에 기름 묻은 솜옷을 깔고 누워서 잠을 청했다. 그는 불안한 듯 몸을 뒤척이며 꽤 오랫동안 잤다. 결국 일산화탄소에 살짝 중독된 데다, 아침 무렵에는 몸이 얼음장 같았다. 그는 밤새 꿈에 시달렸다. 꿈에서 그는 트럭에 연결된 수레에 언 감자를 싣고서, 어디로 얼마나 더 가야 하는지도 모르는 채로 여기저기 파이고 엉망인 길을 따라 어디론가 가고 있었다.

그가 잠에서 깨어났을 때는 날씨가 달라져 있었다. 부드러운 가을 햇살을 받은 호수는 전날 밤처럼 음침한 느낌이 없었다. 남자는 아침을 먹고 나서, 숲속 통나무집 주인에게 감사의 표시로 주머니칼을 남겨놓았다.

그는 호수에서 흘러나온 작은 시내를 따라, 나무가 늘어서 있는 강 쪽으로 내려가서 강기슭을 따라 걸었다. 길은 아름

다웠고, 나무와 풀에서는 거미줄이 반짝거렸으며, 발밑에서는 나뭇잎들이 사각거리는 소리가 들렸다. 벌거벗은 숲에 마치 무슨 박물관이라도 있는 것 같았다. 소나무가 무성한 언덕을 오르자, 저 멀리 어두운 거리가 끝없이 펼쳐져 있었다. 여기에서 어둠의 바다라도 보고 있는 것만 같았다. 서두르지 않고 걷는 그의 표정은 행복에 겨운 애인의 그것처럼 묘하면서도 은밀했다.

며칠 후, 모스크바 근교 작은 도시의 저수지 옆에 있는 공단지역 내 자기 집으로 돌아왔을 때 어쩐지 그는 낯선 느낌이 들었다. 숲에서 보낸 이번 여행은 그 어느 때보다 행복했고, 어쩔 수 없이 맞닥뜨려야 하는 어떤 아주 힘든 일에 앞서 그에게 주어진 잠깐의 휴식과도 같았다. 그는 자기의 기쁨에 그림자처럼 드리워지는 막연한 불안감을 떨쳐낼 수 없었다.

"당신, 괜찮아?"

그는 삐걱거리는 침실문을 열고 아내에게 물었다.

그녀는 아무 대답도 하지 않았지만, 평소처럼 무심하지도, 냉담하지도 않은 그의 시선에 감동한 듯했다.

"무슨 일 있어?"

"응!….."

그녀는 흥분해서 자기도 모르게 이렇게 말해버렸다.

"무슨 일인데?"

"나, 아기 가졌어."

"아기라니? 무슨 아기?"

그녀는 그들이 함께 살았던 초기에나 볼 수 있었던 무척이나 쑥스러운 웃음을 지으면서 손으로 배를 가리켰다.

하지만 검게 그을리고 바람에 튼 남편의 얼굴은 기쁜 표정이 아닌 황당한 표정이었다.

"그래서 어떻게 할 건데?"

마침내 그가 조심스레 물었을 때, 그녀는 그 말이 무슨 뜻인지 바로 이해하지 못했다. 그걸 알아차렸을 때 그녀의 얼굴은 어두워졌고, 자기가 한 말을 크게 후회하면서, 그렇게 물어본 남편을 절대 용서하지 않을 거라 생각했다.

3

아기가 엄마 몸에 바로 적응한 것은 아니었다. 여자가 자신의 임신 사실에 아직 확신이 없었던 처음 몇 주 동안 그녀와 자그마한 태아 사이에 맹렬한 싸움이 진행되었다. 수포로 돌아갔던 숱한 세월 끝에, 몇 번째 난자인지도 모를 그녀의 수정란이 돌풍을 일으키자, 그녀는 생면부지의 그것에 온몸으로 저항하기 시작했다. 여자가 10년만 더 젊었거나 이번이 첫 임신이 아니었다면 그렇게까지 끈질기게 저항하지 않았을지도 모른다. 그래도 그녀는 다정함과 사랑스러움으로 근심과 두려움을 떨쳐 내며 아기를 소중히 여겼기 때문에, 태아가 쉽게 죽기도 한다는 것은 상상도 할 수 없었다. 태아는 유전적인 것인지, 타고난 것인지, 혹은 신의 섭리에 따른 것인지 악착스러운 기질을 물려받아서, 처음 몇 달 동안의 열병에도 불구하고 자궁벽에 착상되어 단단히 붙어 있었다.

태아는 장차 건강하고 강한 사내가 될 남자아기였다. 엄마는 녹초가 되어도 태아는 가장 필수적인 것을 엄마한테서 가져가고 있었다. 태아는 욕심 많고 이기적이며 생명력 강한 존재였고, 느낌과 감정도 지니고 있었다. 태아는 자연유산이나 인공유산을 피할 수 있었던 수백만의 아기들이 성장하는 것과 마찬가지로 있는 힘을 다해 자라고 있었다.

태아는 자고 있는 시간이 대부분이었고, 그렇게 자는 동안 성장한다. 피부로 가려져 보이지 않는 외부 세계와 차단되어 있어도 엄마의 배 너머에서 일어나고 있는 일들을 부분적으로는 감지하고 있었다. 태아는 엄마가 산책하거나 아름다운 음악을 들으면 좋아했지만, 엄마가 신경이 곤두서 있거나, 두려워하거나, 혹은 뭔가 매운 것을 먹었을 때는 참기 힘들었다. 태아는 온전히 엄마의 지배하에 있었고, 사소한 것 하나까지도 모두 엄마에게 의지하고 있었다. 이 아기가 앞으로 태어나기까지 겪게 될 여정은 사람이 한평생 살아가면서 겪게 되는 그것과는 비교도 되지 않을 만큼 엄청나게 힘겨운 것이었다.

화창한 날 수평선에 차분하게 드리워진 구름에서 악천후가 머지않았음을 예감하는 것처럼, 여자의 몸에서는 불행이 서서히 쌓이면서 커지고 있었다. 그러나 불행은 아직 감지되지 않았다. 여자 자신도 못 느꼈고, 노련한 의사나 성능 좋은 기계도 잡아내지 못했지만, 걱정이 된 아기는 불분명한 꿈을 통해 엄마에게 신호를 보내기 시작했다.

여자는 처음에는 이 꿈들을 알아채지 못했다. 잠에서 깨어나면 꿈이 생각나지 않았고, 밤이 지나고 나면 그저 피곤하고 나른할 뿐이었다. 그런데 어느 날 몸을 찌르는 듯한 꿈이 그녀를 깨웠다. 달밤이었고, 불길한 달빛이 방을 비추고 있었다. 남편이 가지고 온 숲 냄새, 즉 모닥불과 버섯, 늪지, 열매 등의 냄새가 풍기는 듯했다. 전에는 이 냄새를 그토록 좋아했는데, 지금은 거의 모든 다른 냄새와 마찬가지로 그녀에게 거슬렸다.

그녀는 붓고 저린 몸에 두 손을 올려놓은 채 한동안 꼼짝 않고 누워서, 꼬맹이가 움직이지 않을까 기다렸다. 하지만 태아는 지쳐 잠들어 있었고, 그녀는 다시 외로워졌다. 잠이 오지 않아서, 간신히 옆으로 돌아누워 창밖을 바라보았다. 나뭇잎이 얼마 남지 않은 나무 뒤편으로 자동 바지선이 천천히 소리 없이 움직이고 있었다. 배는 수문에서 멈춰 서더니 어마어마하게 커지면서 떠오르기 시작했다.

여자는 야간등을 켜고 기도책을 집어 들었다. 그녀는 신자도 아니었고, 세례도 받지 않았지만, 임신한 후로는 남편 몰래 아침 기도와 저녁 기도를 했다. 그녀는 자기가 왜 이러는지 정확히 설명할 수 없었다. 더욱이 낯설고 이해할 수 없을 뿐더러 위협적이기까지 한 성경 구절들은 그녀에게 아무런 위안도 되지 않았는데 말이다. 그녀는 평생 신과 교회와는 동떨어진 삶을 살았다. 어쩌면 지금 자기 자신을 속이고 있는 것일지도 모르지만, 그렇게라도 하지 않으면 마음이 더 불안했다.

요즘 그녀는 자신의 삶에 대해 생각이 많아졌다. 자신에게 닥친 상황들과 이상한 우연의 일치, 왜 바로 지금 이 아기를 그녀에게 보내주었는지 등등. 그녀는 자신에게 일어난 모든 일이 소위 운명이라고 하는 것을 거스르는 것이며, 자신은 아이를 가져서는 안 되기 때문에, 인간에게 무자비하고 냉정한 자연의 법칙은 이러한 실수를 언제든 바로잡을 수 있을 거라는 생각을 도저히 떨쳐낼 수 없었다. 어떤 기적이 있어야만 출산을 할 수 있을 것 같았다. 생각이 거기에 미치자 그녀는 세례를 받지 않으면 임신 상태를 유지할 수도, 출산을 하게 될 수도 없을 거라고 판단했다. 하지만 구슬픈 노래와 성직자의 외침과 기도하는 사람들의 속삭임이 들리는 썰렁하고 휑한 교회 건물로 들어설 때마다 오한이 그녀를 사로잡고는 했다. 그다지 들어가고 싶지 않은 곳이었다. 거기는 죄다 낯설고 무자비한 것 천지였고, 성화에 그려진 성자의 눈길과 교회 노파의 까칠한 눈길에도 그녀는 화들짝 놀라고는 했다.

그래서 잠시 서 있다가 서둘러 나오곤 했다.

  하지만 그날 밤 아기가 칭얼대는 불길한 꿈을 꾸는 바람에 마음이 뒤숭숭해진 그녀는 더 이상 지체할 수 없다는 생각이 들었다. 배를 살살 어루만지면서 창밖을 내다보니, 이미 날은 훤히 밝았고, 지난번에 보았던 거대한 바지선은 떠나고 없었다. 아침에 안개가 끼고 조용한 것을 보니 오늘 날씨가 화창할 징조였다. 10월 초에 간혹 찾아오는 따뜻한 날들 가운데 하나로, 한파가 오기 전 자연이 인간에게 선사하는 날이기도 했다. 그녀는 오늘 세례를 받지 않으면 영영 기회가 없을 거라는 생각이 들었다.

4

 여자가 성당으로 들어가니 제단에서는 성찬 예식이 진행되고 있었다. 마침 일요일이어서 사람들로 북적였는데, 다들 피곤에 지친 듯 빨리 끝나길 애타게 기다리며 서 있었고, 왼편 성가대 옆에서는 봉독자가 뭔가를 웅얼거리고 있었다. 그녀는 질식할 것 같은 답답함과 유향 냄새 때문에 머리가 어질어질했다. 그녀가 양초통 뒤에 서 있던 검은 가운 차림의 노파에게 가서 묻자, 세례는 예배 후에 세례당에서 실시할 거라고 말해줬다.

 얼마 전에 성당 옆에 지어진, 세례탕이 딸린 작은 공간은 남자들, 여자들, 장발족들, 대부들에게 안겨 빽빽거리며 우는 아기들, 금지시켰음에도 불구하고 몰래 들여와 비디오카메라를 돌리고, 사진기로 찍고, 플래시를 터뜨리는 부모 등등, 약 30~40명의 사람들로 가득 차 있었다. 잠시 뒤 머리가 많이 벗어지고 수염이 듬성듬성 난 수도원 신부가 와서, 사람들을 모두 둥글게 세워 놓고 초를 나누어 주더니, 모여 있는 사람들 주위를 빠른 걸음으로 돌았는데, 성찬 예식이라는 단어와는 전혀 어울리지 않는 광경이었다. 먼저 남자들이, 그다음에는 여자들이 뿌연 물이 채워져 있는 작은 세례탕에 들어갔다 나왔다. 의식이 진행되는 동안 분위기는 내내 무례하고 시끌벅적했다. 이러한 분위기는 그녀가 이날 기대했던 것과는 너무나 달라서 그녀에게는 충격적이었다. 심지어 그녀는 이게 혹시 사기가 아닐지, 과연 이런 것을 그녀가 겁먹고 있던 교회로 진입하는 그런 세례식이라고 할 수 있는 것인지 곰곰 생각해봤을 정도였다.

하지만 모든 것이 끝나자 마음은 홀가분해졌다. 그녀가 마지막 순간까지 걱정했던 것은 사람 바글바글한 이 방에서 일어나는 일을 무엇인가가 방해하지 않을까 하는 것이었다. 그녀는 옷을 벗었을 때 자기를 쳐다보는 다른 여자들의 놀란 시선을 느낄 수 있었다. 자신을 받아들이지 않으면 어쩌나 걱정했던 그녀는 애들처럼 천진난만하게 웃을 수 있었다. 이제 그녀를 제지할 사람은 아무도 없었고, 그녀에게 그리고 이제 막 엄마 자궁에서 세례를 받은 아기에게 수호천사가 생긴 것이다.

그녀는 평온한 기분으로 천천히 집으로 가면서 아기에게 나지막하게 말해주었다. 이제 아무것도 두려워할 필요가 없고, 모든 것이 잘 풀릴 것이며, 위협적인 것은 이제 더 이상 없다고. 하지만 집에 가보니, 남편의 눈에는 근심이 담겨 있었다.

"당신, 어디 갔다 왔어?"

지난번 남편의 질문 이후로 그를 차갑게 대해왔던 그녀는 어깨를 으쓱해 보일 뿐 아무 대답도 하지 않았다. 세례에 대해서는 더더욱 이야기하고 싶지 않았다. 남편은 그녀를 이해하지 못할 테고, 세례를 받는 것은 감기약 먹는 것과는 다르기 때문에, 세례가 그녀와 아기에게 도움을 준다고 생각한다면 그건 큰 착각이라고 평소처럼 타이르듯 말할 게 뻔했다.

그런데 남편은 전혀 다른 말을 했다.

"무슨 일이 일어나고 있는지는 알아?"

"아니."

"쿠데타야."[1]

그는 짤막하게 대꾸했다.

---

[1] 고르바초프의 개혁정책이 진행되던 구소련에서는 1991년 8월 보수파의 쿠데타가 일어났고, 이를 진압한 옐친이 이후 러시아공화국의 대통령이 되었다. 하지만 반대 세력이 1993년 대통령 탄핵안을 제출했고, 9월에 옐친 정부와 의회 간의 정치적 대립으로 인한 충돌 사태가 일어났다. (역주)

그날 그들은 1번 채널을 끌 때까지 텔레비전 앞에 앉아 있었고, 남자는 늦은 밤 외출 준비를 하더니 시내로 나갔다. 그는 이미 2년 전 8월에도 나간 적이 있었는데, 지금도 그가 무척이나 존경하는 사람 때문이었다. 후덕한 몸집에, 온화하면서도 특출나게 지적이고 예의 바른 그 사람은 권력을 마다하고서, 정직한 모든 사람들이 그들의 주권을 지키는 데에 나서도록 독려하는 일을 하고 있다. 여자는 다시금 겁이 났다. 그녀는 누가 누구와 싸우고 누가 이기든 아무 상관없었지만, 보도 내용들이 너무 끔찍해서 밤새도록 잠들지 못했다. 유리가 깨지고 전기와 물이 끊긴 집들과, 텅 빈 가게들, 행렬들, 사람의 무리, 총격 등이 머릿속에 떠올랐다. '만일 이럴 때 출산을 하게 되면 어떻게 하지?'

그녀는 잠을 이룰 수 없었다. 자기 집이 안전하게 여겨지지 않았고, 그들이 사는 지역은 조용했음에도 이성보다 두려움이 앞섰다. 이 두려움은 자신이 걱정돼서가 아닌, 아기를 걱정하는 마음에서 생긴 두려움이었다.

그녀는 마음을 가라앉히고자 복음서를 집어 들었다. 오래전에 지금 그녀 주변에서 일어나는 일들과 비슷한 상황이 담긴 어떤 부분을 읽었던 기억이 떠올라 급히 책장을 넘겨보았다. 혁명 전에 출판된 낡은 이 책은 절반은 고대 슬라브어로,

나머지 반은 러시아어로 쓰여 있었다. 그녀는 책장을 넘기다 어느 한 곳에 눈이 멈췄다: '또 전쟁에 대한 소식과 소문을 듣게 될 것이다. 민족과 민족이, 나라와 나라가 서로 맞서 싸우게 될 것이기 때문이다. 곳곳에 기근과 역병과 지진이 발생할 것이며…… 많은 이들이 유혹에 빠져, 서로 배반하고 미워할 것이고, 또한 사이비 예언자들이 도처에서 나타나 많은 사람을 홀릴 것이고, 세상에는 불법이 날로 더 늘어나 많은 사람의 사랑이 식어갈 것이니……'

그녀는 아주 빨리 읽었지만, 이미 이루어진 것 같은 이 불길한 예언들 하나하나가 그녀의 가슴에 위협적으로 울려 퍼졌고, 마침내 가장 중요한 부분에 다다랐다: '**그날에는 임신한 여자들과 젖먹이들에게 고난이 닥칠지니!**' 이 구절을 읽자, 임신 초기 몇 주처럼 다시 현기증이 났다. 그녀는 숨이 막혀서 벽을 손으로 짚으며 발코니로 달려갔다.

쌀쌀하고 고요한, 별이 빛나는 밤이었다. 눅눅한 냄새와 썩은 나뭇잎 냄새가 났다. 바지선은 불빛을 깜박이며 운하를 따라 움직이고 있었고, 멀리서 전철 소리도 들렸다. 거주한 지 오래되어 고향 집처럼 여겨지는 이곳은 모든 것이 한결같았다. '너희가 겨울이나 토요일에 달아나는 일이 없도록 기도하라. 안 그러면 창세 이후 지금까지 없었고, 앞으로도 없을 큰 환란이 닥칠 것이다.' 그녀에게 예정된 일은 전부 바로 그 겨울에 일어날 텐데…….

여자는 어두운 공원과 저수지 건너편에 있는 주택들, 밤이어서 겨우 보이는 텔레비전 송신탑을 바라보았다. 이 시간 저기는 전쟁통이겠지. 그녀가 세례를 받아서 변한 것은 아무것도 없었으며, 아직 태어나지 않은 그녀의 아기가 도시를 휘어잡은 광기의 인질과 제물이 되었다는 생각만 더 뚜렷해졌을 뿐이다.

아기는 이 세상에 태어나고 싶어 하지 않고, 이 세상을 두려워할 것이다. 그녀는 두려움 때문에 아무것도 할 수 없었다. 그녀는 어떤 불행이 다가오고 있음을 직감했다. 그녀가 임신 사실을 말했던 날 남편이 던진, 조심스러우면서도 냉정한 질문이 그다지 모욕적으로 느껴지지도 않았다. 그가 옳았을지도 모른다. 임신만 아니었다면, 오도 가도 못하는 지금과 같은 운명을 경험하는 일은 없었을 것이다. 그녀가 보호받고 싶어 했던 바로 그분조차도 그녀에게 고난을 예언했으니까.

아침 무렵 남자가 돌아왔다.

그는 텔레비전 앞에 앉아, 미국 기자들이 연기 나는 건물과 달리는 사람들, 그리고 자동차와 탱크를 카메라로 비추는 것을 보고 있었다. 그는 어쩔 줄 몰라 하며 멍한 표정을 짓고 있었는데, 갑자기 어린애가 되고, 바보가 되기라도 한 것 같았다. 이런 사람이 애 아빠가 된다고 생각하니 그녀도 기분이 이상했다. 이미 오래전부터 그들 사이에는 공통적인 것이 아무것도 없었다. 그녀는 걱정거리가 있어도 그에게 털어놓지 않았고, 그 어떤 불만을 토로하지도 않은 채 그냥 스스로 처리해왔다. 하지만 정작 가장 중요한 사실은 따로 있었다. 무엇보다 끔찍한 것은, 그들의 아기가 사랑 없이 잉태되었다는 사실을 그녀가 분명히 알고 있다는 점이었다.

5

 첫 번째 경고등은 10월 말에 켜졌다. 그날 여자는 초음파 검사를 받고 곧바로 입원하게 되었다.
 "뭔가 심각한가요?"
 그녀는 처방전을 써주는 중년의 여의사에게 물었다. 배 속은 내내 고통스럽게 아팠다.
 "산부인과에서는 모든 상황이 무조건 심각하답니다."
 여의사는 고개도 들지 않은 채 대답했다.
 "그런데 꼭 입원해야 돼요?"
 "그럼 거부한다는 각서를 쓰세요. 하지만 저는 당신 아기의 생명을 책임지지 않습니다."
 "아니, 아니에요. 그렇게 할게요."
 그녀는 얼른 비위를 맞추듯 말했다. 그리고 '이런 역겨운 소통 방식을 배웠어야 했다.'고 생각하며 물었다.
 "의사 선생님께서 보시기에 아기 상태가 어떤가요?"
 의사는 각서에서 눈을 떼고는 두꺼운 안경 너머로 그녀를 바라보았다.

"상태가 아주 심각해요. 전체적으로 봤을 때 태아는 아주 기형적으로 자라고 있습니다."

"하지만 제 상태는 괜찮은 걸요?"

여자는 이 모든 것이 오진에 불과할 거라는 실낱같은 희망의 끈에 필사적으로 매달리며 반박했다.

"태아가 배 속에서 죽어도 당신은 아무것도 느끼지 못해요."

"정말 그럴 수도 있어요?"

그녀는 절망적으로 물었다.

"얼마든지요."

의사의 눈에서 악마처럼 음흉한 기색이 느껴지자 그녀는 소스라치게 놀라면서, 아무것도 묻지 말았어야 했다고 뒤늦은 후회를 했다. 이 여의사가 역겨운 말을 하는 데서 만족감을 찾는 것이라 할지라도, 혹은 이것이 거짓말이거나, 아니면 그녀를 병원에 처넣기 위해 덧붙인 말이었다 할지라도, 출산 때까지 남은 기간 동안 '태아가 배 속에서 죽어도 당신은 아무것도 느끼지 못해요.'라는 단 하나의 문장은 머릿속에서 떠나지 않을 것이기 때문이다.

그녀는 어떻게 걸었는지도 모르게 진료실에서 나와, '움직여, 아가야, 움직여봐.'라고 애원했지만 태아는 잠잠했다. 그녀는 집까지 가는 내내 몸을 떨었고, 때를 놓쳐서 아기를 살려내지 못할까 두려웠다.

"혹시, 당신, 뭐 도와줄까?"

열이 끓고 있는 그녀를 바라보며 남편이 물었다.

그녀는 잘 보이지도 않는 눈으로 그를 바라보았다.

"이 거리가 어디에 있는지 알아봐 줘!"

그녀는 주소가 적힌 종이를 내밀었다.

병원은 넓은 들판 가장자리에 있었다. 산부인과 병동이 딸린 건물이었다. 불 켜진 창문들이 죽 늘어서 있는 얼어붙은 선박처럼 어스름 속에 우뚝 솟아 있었다. 접수실에서 그녀에게 속옷까지 모두 벗고 십자가 목걸이와 결혼반지도 빼라고 안내했다. 그녀는 환자복으로 갈아입고 나서, 물건들을 남편에게 건네주며 작별 인사를 하다가 그의 눈빛을 보고 흠칫 놀랐다. 그녀를 바라보는 그의 두 눈에는 어른들이 앓아누웠을 때나, 혹은 온 세상이 무너진다는 끔찍한 생각을 할 때, 그런 어른들을 바라보는 아이와 같은 연민과 두려움이 담겨 있었다. 그는 말없이 그녀의 손을 잡고 바라봤을 뿐인데, 그녀는 자기 뒤에서 문이 닫힐 때에도 자신을 향한 이 눈길을 느낄 수 있었다.

남자는 텅 빈 집으로 천천히 갔다. 개가 애처롭게 낑낑거리며 그를 맞이하였다. 그는 개한테 차가운 수프를 주고, 정작 자기는 아무것도 먹지 않고 옷도 벗지 않은 채 방으로 들어갔다. 뭔가 해야 할 것 같은데, 의지도 기력도 없어서, 날이 완전히 어두워질 때까지 팔걸이의자에 한참을 앉아 있었다.

　아내가 임신 사실을 알렸던 그날 아침 이후 한 달이 훌쩍 지났다. 비록 처음에는, 그가 아이 생각을 하지 않은 지 오래됐기 때문에 이 소식을 예민하게 받아들이고 어떤 장애물을 대하듯 했지만, 이제는 젊었을 때와는 완전 딴판으로, 자신이 아버지가 된다는 생각에 푹 빠지게 되었다. 이는 마치 영영 잃었다고 생각했던 것을 되찾고, 잘못된 것을 바로잡기 위해 기회가 주어진 것 같았고, 비록 자신은 해내지 못했지만 자기 아이만큼은 그것을 실현할 수 있게 될 것 같았다.

　그가 특히 명확하게 이것을 깨달았던 것은 그 추운 밤 모스크바 시내의 유리 돌고루키 손바닥 아래에서였다. 거기에는 민주주의 수호자들이 엉성하게 무리를 지어 열정적인 연설을 경청하고 있었다. 그는 단 한 번도 그 누구에게도 털어놓은 적은 없었지만, 자신이 국가 운명이나 민주주의 운명 따위에 아무 관심 없다는 것을 알고 있다. 빌어먹을 다들 어떻게 되든, 독재자가 나타나든, 다른 나라와 전쟁이 일어나든

말든, 그는 손가락 하나 까딱하지 않을 것이다. 지금은 아이를 위해서 살아 있어야 하기 때문이다. 그는 희망을 안고 간절하게 아내를 바라보고 있었고, 그녀의 냉담, 무관심, 서먹함 등을 용서할 준비도 되어 있었다. 아내가 건강하고 튼튼한 아들을 낳을 수 있기만 바랄 뿐이었다. 그렇지 않으면 그의 인생 전체와 심지어 숲속 호숫가의 통나무집, 숲, 늪지에서 얻은 행복과 자연에서 얻은 황홀함이 출구가 아닌 막다른 골목이 돼버릴 것이다. 이 모든 것은 숲과 쓸쓸한 가을 내음을 선물하거나 남겨줄 수 있는 누군가가 있을 경우에만 의미가 있기 때문이다. 지금 아내가 입원을 하고, 그녀의 임신과 관련된 모든 상황이 순조롭지 않다는 사실을 알게 된 그는 두렵기만 했다. 그는 자신이 이뤄 놓은 일이 아무것도 없다는 사실은 받아들일 수 있었지만, 아직 태어나지도 않은 그의 아기가 위협받고 있다는 사실은 도저히 받아들일 수 없었다.

아내를 면회할 수는 없었고, 로비에서 전화 통화만 허용되었다. 모든 커플들에게 유료 출산과 낙태를 광고하는 사진이 붙은 입간판 서너 개가 장식되어 있는, 화려하고 반드르르한 로비에는 전화기 두 대가 놓여 있었다. 전화기 옆에는 줄이 길게 늘어서 있어서 거의 한 시간이나 기다려야 했다. 행복에 겨워 환호하느라 상기되어 있는 아버지, 할머니, 할아버지들이 산모에게 축하 인사를 하고, 곧 출산할 이들에게 용기를 북돋워주며 뭔가 흥분해서 소리치기도 하고, 질문을 하거나 서로 수화기를 빼앗아가며 경쟁적으로 쏟아내는 덕담들을 그는 본의 아니게 듣고 있어야 했다. 그는 말도 못할 만큼 심란해 죽겠는데 저들을 보고 있자니 분통이 터졌다. 지금 아내가 어떤 상황인지, 앞으로 일이 어떻게 진행될지 알 수 없다는 생각이 들자 참을 수 없이 화가 났다. 그의 차례가 되자, 그는 반쯤 몸을 돌리고는, 옆에 앉아 있는 사람들이 들을 수 없게 수화기를 손바닥으로 살짝 가리고 말했지만, 다들 눈치 없이 그를 쳐다보면서 지레짐작하고 있을 거라는 생각이 들기는 마찬가지였다. 누구도 그를 재촉한 적 없지만, 그는 서둘러 통화를 마무리하고는, 흰색 가운을 입은 노파에게 과일과 케피르 꾸러미를 건네주고 서둘러 자리를 떴다.

그는 길에 서서 이 건물 꼭대기 층에 있을 아내를 눈으로 찾아보았지만, 대형 창문 앞에 꼼짝 않고 있는 여자들 중에 누가 그의 아내인지 알아낼 수는 없었다. 그는 대충 손을 흔들고는 돌아서서 지하철로 갔다. 그는 내일 다시 와서, 침착하고 차분하게 아내 얘기를 들어보고, 밤새 별일 없었는지, 주사와 링거는 맞았는지, 약은 주는지, 모든 게 때맞춰 돌아가고 있는지 등을 물어볼 것이다.

6

 그녀는 차분하고 자신 있게 남편과 이야기했지만, 그가 떠날 때는 형용할 수 없는 절망감에 사로잡혀서, 그가 회색 주택 모퉁이를 돌 때까지 눈으로 배웅했다. 깨끗하게 청소가 돼 있어서 반짝반짝 윤이 나는 이 병원에 있는 것이 그녀는 너무나 싫었다. 지금까지 살면서 산부인과 병동의 병리과처럼 암울한 곳은 본 적이 없다. 여기에서는 저마다 자신의 불행과 통증, 고민, 불면증 등으로 시달리고 있는 여자들이 머리도 빗지 않은 채 몽유병자들처럼 아침부터 저녁까지 돌아다니고 있었다. 한 달씩 입원하는 사람도 있고, 계속되는 두려움과 기다림에 지쳐서 한 달까지 견디지 못하는 사람도 있었다. 그녀는 사람들이 대화 나누는 자리는 애써 피했다. 그들이 저녁 식사 후에 함께 모여서 서로 주고받는 대화 주제는 한결같이 기형이나 결함, 이상 증세 따위였기 때문이다. 하지만 원하든 원하지 않든, 전에는 생각지도 못했던 새로 알게 된 사실들도 있었다. 자연은 안 그래도 쉽지 않은 임신과 출산을 고통스럽게 만드는 온갖 끔찍한 것을 고안해내고 있다는 것이다. 그녀는 자신이 최근 3주 동안 알게 된 사실들을 앞으로 태어날 자기 아이는 영영 몰랐으면 좋겠다고 생각했다.

이따금 그녀는 자신이 여기로 온 것은 실수였고, 주사 몇 번과 링거를 놓는 것 외에 이 병원에서 그녀에게 해주는 것은 아무것도 없다는 생각이 들었다. 따분하고 데면데면한 40대의 주치의도 마음에 들지 않았다. 그는 그녀에게도 아기에게도 별 관심이 없었고, 그녀의 상태에 대해 구체적으로 말해준 것이 아무것도 없었다. 여기에서 그녀가 뭘 하고 있는 건지, 그녀에게 사람들이 뭘 하고 있는 건지 도무지 납득할 수가 없었다. 그녀는 몇 시간이고 창가에 서서, 불빛이 가물거리기도 하고, 정신없이 휘황찬란하게 번쩍거리기도 하는 모스크바나 순환도로 너머로 펼쳐져 있는 울창한 숲을 바라보곤 했다.

여기 있는 동안 그녀가 알게 된 사람이라고는 자신과 동년배인 사제 아내뿐이었다. 출산 경험이 여섯 번이나 되는 그 여자는 남산만 한 배를 하고서 거위처럼 뒤뚱거리며 복도를 걸어 다녔다. 머리숱도 적고 피부에 생기도 없는 이 뚱뚱한 사제 부인은 예쁘게 생긴 것도 아닌데 아주 매력적인 뭔가가 있었다. 수염이 더부룩하고 야윈 그녀의 남편은 자식들을 몽땅 데리고 매일 그녀를 찾아와서는, 창문 밑에서 소리를 지르고 손을 흔들어대고는 했다. 그녀는 전화로 무섭게 야단을 치고는 했는데, 강인하고 건강한 이 여자한테서는 자신감이 느껴졌다. 그녀를 보고 있자면, 이 의미 없는 갇혀 있음이 언젠가는 끝날 것이며, 이런 고통도 별게 아니라는 사실을 곧 깨닫게 될 거라는 기대를 품게 된다. 하지만 얼마 후 사제 부인은 출산하러 갔고, 여자 혼자 남겨졌다.

그녀의 상태는 그다지 좋지 않았다. 태반기능부전이거나, 혹은 담당 과장이 분명하게 설명한 바에 의하면 태아조숙증일 수도 있었다. 아직 태아에게 위협이 될 만큼 심각한 것은 아니어서 정상적으로 잘 자라고 있지만, 태아조숙증이 멈추지 않고, 산모가 건강해지지 않으면, 태아는 영양 부족과 산소 부족으로 고생하게 될 거라고 했다.

과장은 그녀가 놀라지 않도록 무척 친절하게 설명했지만, 여자는 밤마다 잠에서 깨어나 아기의 움직임에 귀를 기울였고, 상담할 때 무심코 들었던 불길한 말이 그녀의 머릿속에서 떠나지 않았다. 아기는 아주 이상하게 움직였다. 오랫동안 꼼짝 않고 있는가 하면, 반대로 정신없이 건드리기도 하고, 이랬다저랬다 했다. 이 모든 것들이 아기의 불만 표시라고 생각한 여자는 자신의 상태를 정확히 알지 못하는 데다 걱정이 되어 미칠 것만 같았다.

"만약 태아조숙증을 멈추는 것에 실패하면 어떻게 되죠?"

어느 날 그녀는 회진에서 돌아오는 과장을 복도에서 일부러 기다리고 있다가 물었다.

"다 잘될 거라고 생각하자고요! 치료도 했고, 상황이 좋아지면 곧 퇴원하게 될 거예요. 하지만 2주 후에 다시 입원해서 치료해야 합니다."

과장이 짜증 섞인 어조로 말했다.

그녀는 이 꼼꼼하고 근엄한 여자가 왜 짜증이 났는지 이해할 수 있었다. 그런 문제는 주치의한테 물어봤어야 했다. 하지만 여자는 그가 미덥지 않았다. 그렇다고 해서 과장을 그다지 믿는 것도 아니었다. 그녀는 아무도 믿지 않았다. 산부인과 의사들을 많이 대하면 대할수록, 그들 대부분이 고약하고 못되고 건방진 인간들이라는 확신만 들었다. 그들은 비싼 선물에 익숙해져 있고, 그들에게 뭔가 물어보려고 하면 굉장히 싫어했다.

모든 것을 충분히 살펴보고 나서, 그녀에게 무슨 일이 일어나고 있는지 설명해줄 수 있는 다른 의사를 찾아야 했다. 그러지 않고서는 도저히 살 수 없었기 때문이다.

그녀는 중순에 퇴원했지만, 그녀가 입원해 있는 동안 느꼈던 혼란은 더 커지기만 했다. 병원에서는 왠지 감시받고 있는 듯해서 힘들기는 했지만, 자신의 걱정거리와 끊임없이 불만을 표시하는 아기를 혼자 감당해야 하는 것보다는 나았다. 그녀는 이것 때문에 미칠 것만 같았다. 그녀는 바람막이 시설이 되어 있는 편안한 마당에서 유모차를 끌고 산책하는 젊고 태평한 애 엄마들을 바라보면서, '저 여자들도 정말 이렇게 괴롭고 진이 다 빠지는 이 모든 과정을 거친 걸까? 언젠가는 나도 모든 것을 잊고 아이와 함께 거리를 산책하게 될까?' 하는 생각이 들었다. 지금으로서는 그게 너무 요원하고 실현 불가능한 일로 여겨졌다. 마치 바람 불지 않는 여름날 모든 생명체들이 숨죽이고 있는 것처럼, 하루하루 지나가도 더 가까워지지 않고 한곳에 멈춰서 붙박여 버린 것만 같았다. 임신은 너무 늦게 여자를 찾아왔고, 어느 순간 그녀는 지쳐서 체념하기 시작했으며, 언제 어떻게 끝나도 이제 아무 상관없다는 생각도 들었다. 이 기대감, 두려움, 꿈 그리고 감당하기 벅찬 이 난관들이 끝나기만 바랄 뿐이었다.

7

 이번에 바꾼 의사는 그녀 마음에 쏙 들었다. 웃는 얼굴에 젊고 금발인 이 의사는 전혀 산부인과 의사처럼 보이지 않았다. 여자는 이 의사를 우연히 신문광고를 보고 알았다. 처음 찾아가자마자 일반 가정집 방에 와있는 것처럼 마음이 가라앉고 편안하게 느껴졌다. 이 모든 친절에 상당한 돈을 지불했다는 사실조차 잊었을 정도였다.
 "자, 어디가 불편해서 왔을까?"
 그녀는 바로 말을 놓았다.
 "뭐가 문제지?"
 그녀는 시계를 보지도 않았고, 말을 끊지도 않았으며, 그저 몇 번 확인하는 질문만 했을 뿐이다. 여자는 그녀에게 자기의 두려움과 꿈과 예감에 대해 말했다. 처음에는 서두르는 바람에 말이 꼬였지만, 산부인과 병동에서와는 달리 상대가 자신의 말을 피하지 않고 잘 들어준다는 사실을 알아차린 다음부터는 침착하게 말할 수 있었다. 낯선 사람임에도 불구하고 오랫동안 마음속 깊이 감추어두었던 가장 내밀한 것을 털어놓으면서 뭐라 표현할 수 없을 만큼 마음이 편안해졌다.

"당신은 자신에게 뭔가 특별한 일이 일어나고 있다고 여기는 거야?"

여자가 말을 멈추자 의사가 물었다.

"특별한 일이 아니야?"

"아니야, 이건 여자들 대부분이 겪는 거야. 당신은 지금 그 나이에 첫 임신이라고 말했는데, 그건 그다지 의미 없어. 완전 건강한 젊은 여자들이 조산을 하거나 병이 있는 아기를 출산하고, 절대 애를 낳으면 안 되는 여자들이 건강한 아이를 출산한 사례를 수십 건은 말해줄 수 있어. 그런데 이런 건 의술과는 상관없어. 사람이 세상에 나오고 세상을 떠나는 이 두 가지는 가장 큰 신비로움인데, 인간이 이걸 알아낸다거나 더욱이 여기에 영향을 미칠 수는 없지. 당신은 무식하고 교육을 받지 못한, 그래서 책으로 망가지지 않은 시골 조산사를 찾아가는 게 더 나았을지도 몰라. 그런 조산사는 당신이 어떻게 하고 다녀야 하는지 말해주고, 필요한 약초도 주고, 출산까지 돌보면서 필요한 모든 조치를 취했을 거야."

의사 목소리는 부드러웠다. 여자는 의사가 하는 말의 의미보다도 나긋나긋하고 차분한 음성에 더 귀를 기울이고 있었다.

"당신은 아기가 항상 그 안에서 답답해하는 것 같다고 말했지?"

"응."

"그건 저산소증이라고 하는데, 첫 임신 때는 저산소증이 나타나기 마련이지. 우리가 숨 쉬는 공기와 물과 음식, 우리 주변에서 일어나는 모든 것과 마찬가지로, 여자들이 출산하는 것도 신비로운 일이야. 남자들은 지구를 훼손하고, 우리는 이것에 대한 대가를 치르지. 그런데도 우린 여전히 애를 낳고 있잖아. 새로운 남자들을."

"사내아이면 더 좋아하지!"

여자가 무심코 내뱉었다.

의사는 웃음을 터뜨렸다.

"겁내지 마. 당신은 출산하게 될 거고, 모든 일이 순조로울 테니까. 당신한테 충고하는 말 무슨 뜻인지 알지? 자비로 휴가를 가든지, 출산 휴가 전에 병가를 요청해서 산책을 하든지 해. 산책은 하루에 5~6시간 정도 하고, 자연식품만 먹고 마시되, 수입 주스, 소시지, 초콜릿은 안 돼. 걸어서만 다니고, 과일과 야생 열매를 먹고, 과일즙을 마시고, 뭐든 차분한 읽을거리를 조금씩 읽어. 그렇게 하면 순리대로 다 잘될 테니까."

"이게 다야? 그럼 병원은 어떻게 하지?"

"병원에는 갈 필요 없어. 당신한테는 심각할 게 아무것도 없으니까 믿으라고. 모든 게 더할 나위 없이 잘되고 있어. 그저 자기들이 책임질 일을 만들지 않으려고, 만일의 경우를 대비해서 당신한테 겁주고 공갈하는 거야. 아기한테 도움이 되려면 두려움에서 벗어나야 해. 무엇보다도 아기는 바로 그것 때문에 힘들어하는 거니까. 임신은 병이 아니라, 정상적인, 심지어 임신이 아닌 것보다도 더 정상적인 여성의 신체 상태라는 것을 알아야 해."

웃고 있는 이 의사가 정말 그녀를 설득한 것인지, 아니면 다른 수가 없어서인지는 몰라도 어쨌든 그녀는 믿기로 했다. 기분이 완전히 달라져서 밖으로 나온 그녀는 참으로 오랜만에 미소를 지었다.

모스크바에서는 사실 11월이 가장 별로인 달이다. 하지만 저토록 맑은 하늘과 사뿐히 드리워진 그늘 하며 오늘처럼 청아한 날을 그녀는 11월에 본 적이 없었다. 그녀는 아침부터 산책을 하러 나가서 얼어붙은 운하와 저수지를 따라 점심때까지 거닐었다. 월동 장소로 미처 옮기지 못한 선박과 바지선은 얼음 속에 붙박이 있었다.

그녀가 병원에 입원했을 때는 아직 가을이었다. 나뭇잎이다 떨어진 건 아니었고, 잔디밭에는 아직 초록색 풀도 남아 있었다. 지금은 모든 것이 순식간에 변해서 도시도 몰라볼 정도였다. 하루하루가 너무너무 길게 여겨지기도 하고, 주위를 돌아보지 못할 만큼 빨리 지나가버려서 어느새 다시 땅거미 질 때가 되어 있기도 했다. 그녀는 나날이 상태가 좋아지고 있는 것 같았고, 자신의 임신도 좋아하게 되었다. 아기는 잘 움직였고, 걱정할 만한 움직임은 더 이상 없었으며, 답답해하는 것 같지도 않았다. 그녀는 아기를 어루만지고 이야기를 들려주기도 하면서 아기가 세상에 나오기를 기다렸다. 아기를 기다리는 사람은 그녀밖에 없는 것 같았다. 그녀는 자신의 배에 대고 기도하기도 했고, 더 이상 임신 사실을 숨기거나 난처해하지도 않았다. 11월이 끝나고 곧 새해가 되면, 단조롭고 별 볼 일 없던 삶을 거친 후에 맞이하게 되는 진짜 첫 번째 새해가 되는 것이며, 그때가 되면 출산도 머지않게 될 것이다. 그녀는 예전 같았으면 절대 할 수 없었던 일을 했다. 아동용품점인 '어린이 세상'에 가서 유모차와 침대, 옷 등을 둘러보았다. 미신 때문에 이 모든 것을 살지 어떨지는 결정하지 못했지만, 이 모든 물건을 아파트 어디에 어떻게 둘지는 이미 머릿속으로 생각해두었다.

남자가 그녀와 같이 갈 때도 있었는데, 둘이 조곤조곤 얘기를 나누기도 하고, 서로 무척이나 배려하는 모습이 젊은 신혼부부처럼 보이지는 않았지만, 서로 할 말을 다하지 못해 쌓여 있던 울화는 이렇게 서로 배려하면서 사라져버렸고, 이제 그들은 같은 생각을 하고 있었다. 여자는 이런 신비로운 시간이 지나가버리는 것이 아쉽기만 했다. 그녀는 행복했고, 생각이 깊어졌으며, 차분해졌고, 감사했다.

8

 그 일은 초겨울에 일어났다. 뒤이어 발생한 악몽 같은 모든 일은 빨리 도는 바큇살처럼 번쩍이며 하나의 선으로 모아졌고, 두 사람의 인생을 산산조각 내버린 그 선은 그들의 삶을 그 이전과 이후로 영원히 갈라놓았다.

 눈이 내린 후 혹한이 닥쳤지만, 그녀는 여전히 산책을 했고, 모스크바에 넘쳐나는 사과와 바나나를 매일 서너 개씩 먹었다. 지저분한 가운 차림의 볼이 발그스레하고 건강해 보이는 장사꾼들은 뚱한 표정을 짓고 있는 손님들한테 너스레를 떨어가며 무게를 슬쩍 속이고는 했다. 도시는 어느새 화약과 피를 재빨리 잊은 채, 모든 것이 원래대로 흘러가고 있었다.

 그러던 어느 날 아침 여자의 상태가 좋지 않았다. 그녀는 하루 종일 고열과 심한 중독으로 누워 있었는데, 원인이 무엇인지 도무지 알 길이 없었다. 감기 같지도 않았고, 그녀가 중독될 만한 것도 없었다. 저녁 무렵이 되자 열이 내렸고, 다음 날에는 전처럼 다시 좋아졌다. 하지만 이틀 뒤 이상한 중상이 나타나 그녀를 심란하게 만들었다. 이번 일을 겪으면서 의학 서적을 상당히 많이 읽어둔 덕에, 임신 후반기에 이런 증상이 나타날 수 있으며, 이것이 반드시 출산이 임박했음을 뜻하지는 않는다는 것쯤은 알고 있었다. 그래도 혹시 몰라서 주치의한테 다녀오기로 했다.

"뭐가 잘못됐어?"

"아니야."

의사는 잠시 후에 이어서 말했다.

"잘못된 건 전혀 없지만, 입원은 해야겠어."

"꼭 그래야 해?"

"지금 30주 차니까 중요한 시기야. 이 시기를 잘 넘겨야 하니 당분간 입원실에 있는 것이 더 좋을 거야. 지금 집에 가서 누워서 좀 쉬고 있다가, 저녁에 병원으로 가. 걱정할 것 없어. 병원에서 무슨 말을 해도 겁내지 마. 모든 게 다 잘될 거야."

확신에 찬 목소리에 다시 매료된 그녀는 안정을 되찾고 진료실에서 나왔다. 감동받은 그녀는 늘씬하고 예쁜 이 여의사에게 뭔가 값지고 괜찮은 선물을 해야겠다고 생각했다. 그녀에게 이 여자는 어머니와 친구 대신이었고, 의사이기에 앞서 자신에게는 매우 중요한 존재였기 때문이다. 그런데 거리로 나서니 다시 무서워졌다.

의사가 말한 것과 뭔가 다르거나 완전히 그대로는 아닌 것 같았다. 의사가 뭔가 다 말하지 않았거나 숨겼을지도 모른다는 생각이 예민하게 스쳐 지나갔다. 지금 배 속에서 일어나고 있는 증상은 전에는 한 번도 없던 것이었다. 아기가 단단해지면서 아래로 내려와, 걷기가 힘들어졌다. 그녀는 애써 참으면서 이것은 단지 자신의 추측일 뿐이라고 스스로를 달래보려 했지만, 점차 모든 것이 분명해지고 있었다.

집으로 간 그녀는 바로 침대에 누워 자려고 했지만 잠이 오지 않았다. 그녀의 몸에서 뭔가 변화가 느껴졌고, 게다가 변화하는 속도가 아침보다 더 빨라져서 미처 감지할 수도 없을 정도였으며, 헤아려볼 수도 없었다. 그녀는 책을 집어 들었다가 펼치지도 않고 옆에 두었다. 전에 없던 외로움이 밀려들었다. 전에 임신 사실을 알게 됐을 때조차도 느끼지 못했던 외로움이었다. 그녀는 처음에는 울지 않다가, 나지막이 흐느끼기 시작했다. 처음으로 그녀는 아기가 아닌, 자기 자신 때문에 무서워졌다. 어쩌면 이번 출산을 견디지 못하고 죽게 될지도 모른다는 생각이 들었다.

이내 남편이 와서는 곁에 앉아 손을 잡고 뭔가 다정하게 말하기 시작했다. 그녀는 그가 그렇게 말하는 것이 단지 그녀가 우는 게 아기한테 해롭기 때문일 뿐 그녀를 위한 것이 아니라고 여겼다. 함께 산책하고 상점에 들러 돈을 아끼지 않는 등 최근에 그가 한 모든 행동은 그녀를 위한 것이 아니었을 것이라는 생각이 들자, 그녀는 마치 어린 여자애처럼 말할 수 없이 화가 치밀어 올랐다.

울어서 숨이 막힐 정도였지만 울음이 멈춰지지 않았다. 걱정이 된 남편은 그녀를 진정시키기 위해 이런저런 말로 달래보기 시작했지만, 그녀는 손을 내저으며 더 크게 울었다. 그러다가 아랫배 쪽이 갑자기 아파오면서 불안해지더니, 찌르는 듯한 통증으로 인해 그녀는 울음을 그쳤다. 자신의 몸에서 말로 표현할 수 없는 생소한 것이 느껴졌다. 이제 더 이상 감성 풍부한 여성으로서의 느낌이 아닌, 지극히 본능적이고 동물적인 느낌이었다.

그녀는 베개에서 머리를 들어 남편을 쳐다보았다.

"더는 기다릴 수 없어. 병원에 가자!"

"알았어."

그는 당황해하며 말했다.

"구급차 부를까?"

"필요 없어. 내가 직접 갈 거야."

그들은 말 한마디 없이, 불도 켜지 않은 채 옷을 입고는 집에서 나왔다. 밖은 춥고, 길은 미끄러웠다. 그들은 여전히 입을 다문 채 조심스럽게 걸어갔다. 다시금 아무것도 이해할 수 없게 된 남자는 짜증도 나고 화도 났다. 최근 몇 달 동안 수없이 봐왔던 그녀의 변덕과 감정 기복, 분노 폭발, 우울증 등이 그를 화나게 했다. 이 모든 것이 그에게는 낯설고 불쾌했으며, 여자들이 일반적으로 보이는 히스테리로 여겨졌다.

그들은 운하 끄트머리에 있는 조용한 자기 집 마당에서 나와, 시끄럽고 조명으로 눈부신 거리로 들어섰다. 남자가 차를 잡으려고 손을 들었지만 여자는 고개를 내저었고, 두 사람은 전차를 탔다. 자동차 공장의 교대 시간이 방금 끝나서 전차에는 사람들이 많았다. 털외투로 배가 가려져 있었기 때문에 그녀에게 자리를 양보하는 사람은 없었다. 그들은 승객으로 가득한 전차를 타고 가다가 내려서, 지하철로 한 정거장을 더 가서는, 산부인과 병동까지 허둥지둥 걸어갔다.

가느다란 눈발이 흩날렸고, 들판 옆 트인 공간이어서 바람도 더 세차게 불어 힘들었다. 뒤편으로는 지겹도록 휘황찬란한 장사꾼들의 천막과 모닥불 옆에서 추위에 떨고 있는 카프카스인들, 당근과 비트를 파는 풍채 좋은 모스크바 할머니들, 응유와 발효유, 소지시를 들고 나와 커플들한테 자신들의 싸구려 상품을 집요하게 팔고 있는 수다쟁이 우크라이나 여인들이 길게 늘어서 있었다. 걸어서 5분 거리였지만 여자한테는 무척이나 멀게 느껴졌다. 여자는 남편의 손을 잡으며 '나는 갈 수 없어, 못 갈 거야.'라고 생각했다. 배 속 통증이 시작되자 그녀는 모든 하중이 아래로 쏠려 있음을 분명하게 체감했다. 그들이 신작로 앞쪽 끝에 있는 기다란 건물 모퉁이를 돌자, 층층이 불이 켜진 산부인과 병동이 맞은편으로 보였다. 한 층은 불빛이 푸른색인데, 거기에 분만과가 있었다.

여자는 건물을 올려다보면서, 그곳에 도착하게 되면, 옷을 벗고 병상에 누워 아침까지 잠을 잘 거라고 생각했다. 오늘 저녁과 오늘 밤만 견디면 되는 거겠지.

진료실 벨을 누르자, 얼굴이 검고 귀에 큰 귀걸이를 단 젊은 간호사가 나와서 산모 수첩과 신분증을 챙기더니, 옷을 갈아입으라고 말했다. 남자는 문밖에 남아 있었다. 아내는 신발을 벗을 때 숨을 가쁘게 몰아쉬는 듯하더니 이내 조용해졌다. 간호사가 문을 열어 옷을 건네주었다. 어슴푸레한 현관에서 언뜻 보이는 것이라고는, 타일 벽에 불이 환하게 밝혀져 있어서 눈부시게 하얀 진료실에 있는, 완전히 다른 사람처럼 보이는 창백한 얼굴이었다.

"저는 이제 가야 하나요? 아내는 이제 안 나옵니까?"

"원하시면 기다리셔도 돼요."

동부 억양이 약간 담긴 어조로 간호사가 말했다.

"지금 의사 선생님이 아내분을 진찰하고 있어요."

문이 닫히자 그는 어둠 속에 남겨졌다. 이어서 불쾌하고 격앙된 목소리가 들렸다.

일부러 들으려고 한 건 아니었지만, 문 너머에서 들리는 목소리가 더 앙칼지고 날카로워졌다.

"냉이 언제부터 나오기 시작했어요?"

"아침에요."

"마지막으로 진료 받은 게 언제죠?"

"오늘요."

"오늘 언제요?"

"오전에요."

"왜, 바로 오지 않았어요?"

"의사 선생님이 내일까지 기다려도 된다고 했어요."

"어떤 상담소에서 관리 받고 있는 거죠?"

"거긴 상담소가 아니에요."

"냉이 나오기 시작했을 때 여기로 바로 오셨어야죠. 사춘기 소녀도 아니고. 우리 병원에 입원한 적도 있고, 퇴원증에는 당신이 3주 후에 다시 내원해야 한다고 적혀 있기도 한데. 얼마나 지난 거예요?"

"하지만 의사 선생님이…."

"당신은 왜 계속 의사 선생님, 의사 선생님만 읊어대는 거죠? 오늘 밤 출산하게 생겼으니 당신 의사 선생님한테 감사 인사라도 해야겠네요."

"어떻게 출산을 해요? 아기가 나오기에는 아직 이르잖아요!"

"예, 이르죠. 당신이 몇 시간 전에만 왔어도 뭔가 조치를 취할 수 있었을 텐데, 지금은 이미 늦었어요. 자궁이 열리기 시작했다고요."

남자한테는 더 이상 아무것도 들리지 않았다. 그는 천천히, 마치 심장이 안 좋거나, 몸에 이상이 있는 것처럼 의자에서 미끄러져 내렸다. 정신을 차려보니 바닥이었다. 접수실에는 남자밖에 없었기 때문에 그에게 무슨 일이 일어났는지 본 사람은 아무도 없었다. 그렇게 얼마나 있었는지 모른다. 문 너머에서 들리던 목소리가 잠잠해졌다. 이제 그는 자기 아내가 어디에 있는지, 자신이 앞으로 무엇을 해야 하는지 알 수 없었다. 그가 이해한 것은, 그에게 아기가 생기지 않을지도 모른다는 한 가지 예감뿐이었다.

9

 밖에서 문 두드리는 소리가 나더니, 한 무리의 사람들이 몰려들었다. 45세 정도의 남자와 배 속에 한 살배기 아기라도 들어앉아 있는 것처럼 배가 어마어마하게 거대한 여자, 그리고 사내아이 두 명이었다. 임신부가 익숙한 손놀림으로 스위치를 더듬어 불을 켰다. 임신부와 아이들은 구석에 앉아 있는 남자를 보고 놀라는 표정을 지었다. 그는 담배를 꺼내고는, 그들을 보지 않고 밖으로 나갔다. 출입구 앞에는 이미 눈이 쌓여 있었고 눈은 그칠 줄 모르고 내렸다. 담배는 바람에 빨리 타들어 갔다. 그는 담배가 다 타들어 가, 입술이 살짝 데인 것조차 느끼지 못했다.
 "저 안에 누구 있어요?"
 그가 돌아오자 누군가 그에게 물었다.
 그는 어깨를 으쓱해 보였다.
 임신부는 일어나 쓰러질 듯 문 쪽으로 다가섰다.
 "들어가도 될까요?"

"잠깐만요."

커다랗고 둥근 안경을 쓴, 비쩍 마른 여의사가 전화기를 든 채로 대답했다.

"구급차죠? 지시서 접수해주세요. 조산, 태아 저산소증, 영양실조, 태반기능부전, 태아 횡위, 탯줄 꼬임 2회. 임신 30~31주. 초산. 35세."

그는 자신의 슬픔을 보게 된 목격자 네 명의 시선이 자기한테 쏠리고 있음을 체감할 수 있었다. 이런 시선은 순전히 가슴을 쓸어내리는 위선적인 연민의 시선으로 여겨졌다. 다른 사람의 불행을 보면서 '저런 일이 나한테 일어나지 않아서 다행이야.'라고 생각하는 것은 누구에게나 늘 있기 마련이니까.

그는 순간적으로, 이 일이 자기와 상관없고, 이런 일은 자기한테 일어날 수도 없으며, 이 비슷한 그 어떤 일도 자기한테는 결코 일어난 적이 없다고 생각했다.

문이 살짝 열려 있어서, 그는 의사와 아내의 대화를 들을 수 있었다.

"남편과 같이 왔어요? 아니면 혼자세요? 뭐, 알아서 하시겠지만. 옷을 입고 구급차를 기다리세요."

"왜요?"

아내가 모기만 한 소리로 물었다.

"우리는 여건이 안 됩니다. 산부인과 전문 병원으로 가게 될 거예요."

"그래도 혹시 뭔가 더 해볼 수는 없나요?"

"안 됩니다."

의사는 마치 뭔가 불쾌한 것을 부탁받은 사람처럼 퉁명스럽게, 심지어 표독스럽게 대답했다. 불행한 출산은 그 누구도 원치 않으니, 위험을 감수하고 싶지 않아서라는 걸 알 수 있었다.

정말 그들이 여건이 안 되는 것이 이유는 아니었다. 유료 출산도 있고, 분만실을 정화시켜주는 부활절 예복 차림의 사제와 사진을 찍는 데에도 돈이 오가는데, 이번 경우는 상황도 어려운 데다 무료였으니 수지 타산이 맞지 않았던 것이다. 아내를 돌봐 주고 의사가 계속 있어 주기를 원한다면 돈을 지불하라는 뜻임을 짐작할 수 있었다. 어떻게 의사가 임신부한테 저따위 투로 말할 수 있는 건지 그는 분노가 치밀어 올랐다. 번쩍거리는 방으로 뛰어 들어가 그 지독한 의사한테 소리라도 지르고 싶은 것을 간신히 참았다. 그 안에서는 아내에게 옷을 다 벗게 만들고, '이게 다 당신을 위해 그러는 거예요.'라고 말하면서 결혼반지조차 끼고 있지 못하게 했었다. 마르고 절벽 가슴인 이 안경 쓴 금발 여자를 남자는 글자 그대로 증오했다. 이 의사는 단순히 그의 아기뿐만 아니라, 그의 인생까지 송두리째 결단을 내버린 것이다. 그는 여의사가 심술을 부리고, 자신의 권력과 여기 오는 사람들의 어려움을 이용해 먹은 대가로 그녀의 목이라도 조를 수 있을 것 같았다.

그는 이제 잃을 것이 아무것도 없었고, 그에게는 모든 것이 다 끝이었다. 모르는 사람들이 있는 자리에서, 밤에 그의 아내가 출산하게 될 거라고, 유산일 거라고 의사가 잔인하게 말한 그 순간 모든 게 끝나버린 것이다. 저들이 다 보고 있다 해도 그를 진정시키고 말릴 수는 없을 것이다. 그러나 문이 열리고, 커피색에 가까운 시커먼 얼굴의 간호사가 나왔지만, 그는 한마디도 하지 않았다.

분노가 가라앉자 그에게 슬픔이 찾아들었다. '하느님, 왜 우리는 서로 증오하는 걸까요? 한 사람이 다른 사람을 어느 정도까지 증오할 수 있을까요? 대체 왜 그래야 하는 거죠?' 그는 10월의 그날 밤이 떠올랐다. 그는 시내를 돌아다니며, 이런 증오로 가득 찬 각양각색의 사람들을 만났었다. 그는 증오는 전염성이 있어서 사람에서 사람으로 전염된다고 생각했고, 그와 반대로, 산부인과 병동처럼 사랑이 쌓여야 하는 곳은, 그 어떤 반목으로부터도 멀리 떨어져 있는 곳이라고 여겼었다. 하지만 그리스인들이 정확하게 '포비아'라고 불렀던 두려움과 증오는 모든 것에 스며들어 있었고, 이러한 공포는 그 자신의 마음속에도 있었다.

"당신 들었어?"

그는 고개를 들어 아내를 쳐다보았다. 옷을 입은 그녀는 입술을 깨문 채 추워서 덜덜 떨고 있었다.

그는 고개를 끄덕이며 그녀를 안쓰럽게 바라보았다.

"다 끝난 거야?"

그는 여자가 대답하기도 전에 고개를 숙였다.

그들은 두 시간 넘게 구급차를 기다렸다. 그들이 앉아 있는 좁은 접수실에는 임신부 서너 명이 더 와서 앉아 있었다. 부모님이나 남편과 함께 온 여자들은 키 크고, 행동이 굼떠 보였으며, 엄숙하면서도 진지한 표정들이었다. 그들 옆쪽으로는 남녀가 앉아 있었는데, 여자는 아직 임신한 티가 나지 않았고, 서로 모르는 사람들처럼 앉아 있었다.

여자는 뭐든 안중에 없었다. 그녀는 주위에서 일어나는 일에 전혀 관심 없었고, 남편이 무슨 말을 하는지, 그의 불만이 무엇인지도 중요하지 않았다. 그녀는 인조 가죽을 씌운 긴 의자에 앉아서, 아기에게 귀를 기울이며 마음속으로 아기와 작별하고 있었다. 이 밤이 행운으로 끝날 거라는 믿음도 없었고, 그저 모든 것이 가능한 한 빨리 끝났으면 하고 바랐다.

"그냥 좀 가만히 앉아 있어. 기다리면 구급차가 오겠지. 그게 어디 가겠어?"

그녀가 성질을 내면서 말했지만 남자는 들은 척도 않고 벌떡 일어나서, 접수대로 쳐들어갈 듯 가더니, 간호사에게 다시 한번 전화하라고 요구했다. 하지만 돌아온 대답은 자기로서도 어쩔 수 없으며, 구급차가 자기들 소속도 아니고, 나라에서 일을 어떻게 하는지는 댁도 잘 알고 있지 않느냐는 것이었다. 이 모든 것이 사리에 맞지 않고 불합리함에도 불구하고, 문제는 달리 뾰족한 수가 없다는 것이었다.

11시쯤이 되어서야 마침내 눈을 뒤집어쓴 구급차가 나타났다. 뚱한 표정의 의사가 입속말로 그들더러 차에 타라고 하자, 여자는 다시 통증을 느꼈다. 이게 무슨 통증인지는 그녀도 이제 잘 알고 있었다. 그렇게 확실하게 알고 있는 것이 그녀에게 힘이 되기도 했다. 그녀는 남편을 보고 미소 지으면서, 의사가 오진했을 가능성도 있다고 말했다.

"의사들은 그냥 환자 놀래키는 걸 좋아한대."

"그래?"

그가 바로 믿어버리자, 그녀는 자신이 진료실에서 그녀한테 거짓말을 했던 금발머리 여의사 같다는 생각이 들었다.

아무 도움도 못 되고 변할 것도 없다면 거짓말로 안심시키는 것이 더 낫다는 생각이 들었다.

차는 서두르지 않고 볼로콜람스크 거리로 들어섰고, 어떤 골목을 따라 돌아가더니, 전찻길을 두 번 가로질러 가다가, 음침하고 어두운 주택들 사이에 끼어 있는 조용한 건물 옆에 멈추었다. 그들은 구급차에서 내려 접수실로 들어갔다. 무화과 화분, 교훈적 문구가 적힌 알림판들, 근육질의 어머니와 그 가슴에 안심하고 기대어 있는 우량아를 형상화한 감동적인 조각상 등, 여기는 모든 것이 복고적인 취향으로 꾸며져 있었다.

다시 모든 것이 반복되었다. 그녀는 십자가 목걸이만 빼고 옷을 다 벗었고, 의사는 신속하게 그녀를 진찰했다.

"이분한테 주사를 놓고, 눈 좀 붙이게 했다가 분만 대기실로 데려가세요."

여의사가 짧게 말했다. 여자는 의사의 눈에서 두려움도 증오도 찾아볼 수 없었다.

그녀는 로비에 나갔다 와도 좋다는 허락을 받은 뒤, 조각상 아래 앉아 있는 남자에게 다가갔다.

"당신은 집에 가! 모든 게 다 순조롭고, 잘 돌봐주겠다고 했으니까. 당신은 집에 가서 좀 쉬어. 아침에 전화할게."

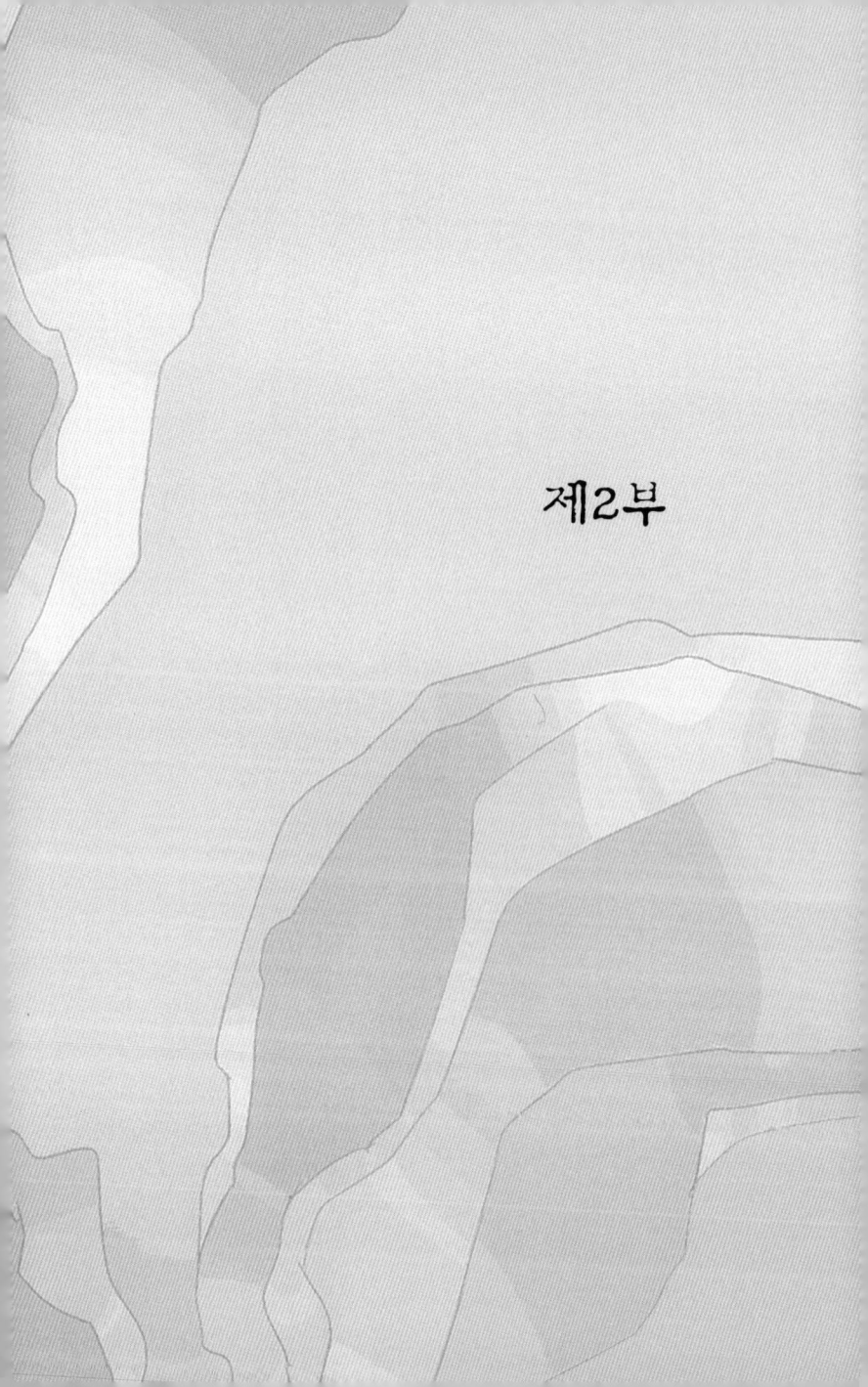

제2부

1

 상공을 날고 있는 여객기 안으로 얼음처럼 차갑고 살을 에는 듯한 저산소 공기가 들이닥친다면, 포근함과 안락함에 익숙해져 있던 기내 승객들은 앞으로 남은 삶을 그 공기로 지탱하게 될 것이다. 지금의 이 상태는 어쩌면 그 여객기 승객들이 느끼는 것과 비슷할지 모른다.

 아기는 이미 오래전에 큰 불안을 겪었는데, 엄마 배 속에서 커져가던 갑갑함이 다시금 사방에서 아기를 짓누르고 있었다. 지금은 몸에서 아기를 떼어내려고 하는 것이 여자가 아니라, 아기가 직접 떨어져 나오려고 애쓰면서 출구로 서서히 이동하기 시작했다. 몸을 휘감고 있는 커다란 탯줄이 방해가 되어 아기는 힘들어했다. 아기는 7개월 동안 자신을 도왔던 엄마가 처음으로 자신을 도와주지 않고 아예 손 놓고 있을뿐더러, 오히려 버티려고 애쓰고 있음을 느꼈다.

 아기가 지금까지 안전하게 있었던 곳에서 무엇인가가 아기를 가차 없이 밀어내고 있었다. 아기는 어둡고 좁은 자기

영역을 넘어, 푸른빛이 도는 넓은 방을 향해 서둘러 밖으로 나오기 시작했다.

임신부가 누워 있는 방 테이블 옆에 연푸른빛이 도는 하얀 가운을 입고 얼굴은 마스크를 써서 눈만 보이는 사람들이 몇 명 서 있었다.

"안 돼!"

여자는 통증 때문에 괴로워하며 소리쳤다.

"아기가 나오지 않으면 좋겠어요!"

"힘줘. 그래, 좀 더 힘줘. 아기가 나오기 시작하잖아."

"안 돼, 어떻게 좀 해보세요. 태어나기에는 아직 이르잖아요!"

"손쓰기에는 이미 늦었어. 당신이 아기를 죽일 수도 있다고."

하지만 그녀는 여전히 고집스럽게 저항하며 아기를 놓아주려고 하지 않았다. 그런데 아기는 기어가고 있었다. 푸른 혈관이 보이는 작고 부드러운 머리가 열려 있는 자궁 쪽으로 다가가고 있었다. 그러나 정신이 없는 엄마는 아기를 자기 안에 붙잡아 두려고 했다.

'당신이 원하는 아기인가요?' 병원에서 의사가 그녀에게 이렇게 물었었다. '원하는, 당연히 원하는 아기죠.' 그래, 누구에

겐들 원하는 아기보다 더 간절한 것이 있을까? 하지만 지금은 원하는 아기가 아니었다. 그녀는 통증이 있는지 없는지, 시간이 얼마나 걸렸는지 아무것도 몰랐고, 이런 건 그녀에게 아무 의미도 없었다. 그녀는 죽을 것만 같았고, 정말로 아기와 같이 죽는 것이 더 나을지도 몰랐다. 그녀는 어떤 감정과 생각의 편린 속에 누워 있었고, 가끔 눈을 떴다가도 곧바로 감아버리곤 했다. 그녀는 의사들의 시선에 놀랐다. 마스크 위로 보이는 시선들은 무서웠으며, 중간중간 끊어졌다 이어졌다 하면서 뭔가 알아들을 수 없는 얘기를 자기들끼리 주고받는 것도 무서웠다.

의사는 더 강하게 힘을 주라고도 했다가, 갑자기 숨을 내쉬지 말라고도 했지만, 여자는 의사의 말이 귀에 들어오지 않았다. 자기한테 무슨 일이 일어나고 있는 건지, 진행되고 있는 일이 무엇인지, 뭐가 어떻게 돌아가고 있는 건지, 죄다 믿을 수 없고 이해할 수 없는 것투성이였다. 이러고 있기에는 너무 이른 시기가 아닌가 말이다. 그녀는 고통 때문이 아니라 격렬한 두려움 때문에 소리를 질렀다. 하지만 아기는 그녀보다 더 현명했고 고집스러웠으며, 자기가 뭘 해야 하는지 더 잘 알고 있었다.

바로 그 순간 아기의 생명은 풍전등화와 같았다. 숨이 막혀

죽을지도 몰랐다. 지금 발생한 일에는 아기뿐만 아니라 산모도 준비되어 있지 않았다. 다른 때 같았으면 의지 말고도 필요한 모든 것을 다했겠지만, 지금 그녀 몸은 마치 꺼져버린 것처럼 꼼짝도 하지 않았다. 하지만 아기는 마지막 순간에 탈출에 성공했고, 여자는 마스크 사이로 그녀의 이름을 부르는 부드러운 음성을 들을 수 있었다.

"남자아이가 태어났어요!"

그녀는 '남자아이'라는 말에 동요했다. 그토록 원하던 남자아이인데, 이 아이를 바로 잃어야 한단 말인가? 그녀는 미숙아들도 살아남는다는 사실을 아예 몰랐기 때문에, 자기 아이가 살아남을 수 있다는 생각을 하지 못했다. 아기는 의사 손에 있었고, 그녀는 아직 아기를 보지 못했다. 탯줄이 잘리는 순간 아기가 울음을 터뜨렸다. 아기 울음소리는 아주 약했고, 잠시 후 갑자기 구토를 하면서 숨이 막히는 것 같았다. 그러자 다들 부산스럽게 움직였고, 의사가 애원하는 소리가 들렸다.

"울어라, 꼬마야. 자, 울어봐!"

하지만 아기는 울지 않았다. 벌어진 입 속으로 차갑고 싸한 공기가 훅 들이닥쳐 폐를 가득 채우자 순간 아기의 호흡이 멈췄고, 맥이 풀리면서 몸이 퍼렇게 변해갔다.

이런 현상이 1분 이상 계속되었지만, 여자는 무슨 일이 일어나고 있는지 이해하지 못했다. 어디선가 산소 호흡기를 준비해 왔고, 의사는 주문처럼 같은 말을 계속 반복했다.

"울어라, 아가야. 울어라!"

마스크를 쓴 얼굴에 땀이 흘렀고, 의사는 식어가는 몸을 자신의 작고 강한 손으로, 말 그대로 소생시키려고 안간힘을 썼다. 그러자 아기가 의식을 되찾고 숨을 내쉬며 크게 울었.

아기를 산모에게 데려갔다.

"자, 봐요!"

그녀는 마치 이 소리가 '자, 무슨 일이 일어났는지 봐. 이게 다 네 잘못이야.' 하고 비난하는 것만 같아서 고개를 돌려 그쪽을 보는 것이 무서웠다.

그녀는 아기가 아직 배 속에 남아 있는 것 같았다. 그녀는 자기 존재의 전부였던 아기가 예정일 전에 그녀를 떠났다는 사실을 받아들이고 싶지 않았고, 그럴 수도 없었다. 등과 어깨가 하얀 솜털로 덮여 있고, 태지가 잔뜩 묻어 있으며, 부드러운 귀에, 손발이 푸르스름한 작고 연약한 아기는 의사 손에 맥없이 잡혀 있었다. 아기는 간신히 숨을 쉬고 있었다. 힘들게 쌕쌕거리며 거친 숨을 들이마시면서, 아직 산소를 운반할 준비가 돼 있지 않은 자신의 피를 채우고 있었다.

아기의 등이 붉은 발진으로 덮여 있는 것을 보고 의사가 급히 물었다.

"당신, 뭐 앓고 있는 병이 있어요? 아기한테 뭔가 감염됐는데. 뭐죠?"

"나는 몰라요."

그녀는 간신히 말했고, 아무 생각도 나지 않았다.

"아기 상태가 어때요? 살 수 있어요?"

"글쎄요. 상태가 아주 위독해요."

2

 남자는 옷을 입은 채 침대 위에 그대로 누워 자고 있었다. 전화벨이 울렸을 때는 가쁜 숨을 내쉬며 꿈을 꾸는 중이었다. 그는 벌떡 일어나 전화기로 달려갔지만, 긴 신호음만 들렸다. 한동안 그는 수화기를 두 손으로 잡은 채, 어떻게 된 일인지 이해하려고 애쓰다가, 눈에 들어온 손목시계를 보자 가슴이 철렁 내려앉았다. 어젯밤 집에 돌아와서 코냑 한 병을 거의 다 마셔버린 바람에 지금은 숙취로 힘들었다. 그는 창문으로 다가가서 커튼을 열어젖혔다. 밖에는 바람이 불고 여전히 어두웠지만, 그는 불을 켜지 않았다. 어두운 게 더 편했다.

 이 밤만 넘기면, 아침까지만 견디면 됐다. 만일 아무 일도 일어나지 않는다면, 그럼 그녀는 원래 예정된 달에 출산하게 될 테고, 모든 게 다 잘될 것이다. 그가 집에 가서 술을 그렇게 많이 마실 필요도 없다. 그냥 거기에 남아 기다려야 할 테니까. 머리가 깨질 것처럼 아프고, 상태가 몹시 좋지 않았다.

제발 그녀가 지금 어디에 있는지, 어떤 상태인지 누가 좀 알려주면 좋으련만. 그를 깨운 전화벨 소리가 생각났다. 거기에서 온 전화가 아니었을까? 병원 안내소는 10시나 돼야 문을 여니까 기다려야 했다. 아직 3시 30분밖에 되지 않았으니, 이 새벽이 지나야 한다. 만약 거기에서 전화한 거라면, 아기나 아내한테 뭔가 아주 안 좋은 일이 일어났다는 건데. 아내일 가능성이 많지. 아기 때문이었다면 전화하지 않았을 테니까. 그는 잠잠한 전화기를 두려운 마음으로 바라보았다. 그는 어제 이후로 죽고 싶을 만큼 우울했다. 악몽 같은 저녁, 사람들로 꽉 차 있던 전차, 산부인과 병동으로 가는 길, 의사의 무서운 진단, 구급차 기다리기, 눈보라… 과연 이 모든 일이 정말 현실에서 일어났던 걸까?

말 없고 차분한 그의 아내는 다소 내성적이면서 냉정한 여자여서, 그는 그런 아내가 평정심을 잃고, 무시당하며, 나약해질 수 있다는 것은 상상도 하지 못했다. 그런 아내가 완전히 생소한 어떤 병원에 누워 있는 것이다. 그는 자신이 성공한 인생을 살지 못한 것도, 그들에게 아이가 없는 것도, 그리고 지금 이렇게 모든 것이 저주스럽게 된 것도 모두 아내 탓이라고만 여겼는데, 그런 아내한테 자신이 잘못했다는 생각이 들었다. 만일 그녀한테 무슨 일이 생겼거나 앞으로 생기게 된다면 그의 인생은 완전 끝장이었다.

그는 항상 그녀가 그를 사랑하지 않는다고 생각했다. 사랑하지도 않았으면서 그와 결혼한 이유는, 그가 젊었을 때는 야심만만했을 뿐만 아니라 뚝심도 있어서, 자신이 원하는 것을 성취해내곤 했기 때문이라고 여겼다. 그는 도도하면서도 새침데기 같은 이 여자가 좋아서 차지했지만, 이 사랑은 그에게도 그녀에게도 행복을 가져다주지는 않았다. 그는 그들 사이에 아이가 없는 이유는, 그녀가 그의 아기를 원하지 않기 때문이라고 거의 확신하고 있었다. 12년 내내 그는 참을 수 없는 고통의 원인이었던 이 생각을 안고 살면서, 소리 없이 그녀를 증오했다. 지긋지긋하고 썰렁한 집을 떠나 숲으로 가서 고독 속에서 위안을 찾으면서, 그렇게 사는 것도 괜찮다고 스스로를 속이기도 했다. 그가 살아오면서 아무것도 성취할 수 없었던 것은 그녀의 지지를 받지 못했기 때문이라고 생각했다. 그녀와 결혼한 것은 가장 큰 실수이자, 오늘 밤까지 이어지는 그의 모든 불행의 원인이라고 여겼다. 하지만 그는 만약 이 여자가 그를 떠났다 해도, 그녀를 대신할 여자는 아무도 없다는 것도 분명히 알고 있었다.

벽에서 시계가 똑딱거렸지만 볼 수 없었고, 그저 시간을 알리는 소리만 들렸다. 그는 흐트러진 침대에 앉아서 기다렸다. 필요하다면 얼마든지 기다릴 수 있었다. 그는 자신의 아이를 임신한 그녀를 이 순간 사랑하고 있었으며, 그 사실만으로도 그녀의 모든 것을 용서할 수 있었다. 설령 아이가 생기지 않는다 하더라도, 그것을 시도했다는 것만으로도 용서할 수 있었다.

 세 시간 남짓한 시간이 또 흘러갔다. 잠을 자려고 시도해볼 수도 있었지만 그만뒀다. 지금 그가 잠을 자지 않는다고 해서 변할 것은 아무것도 없었다. 어제저녁 그가 부엌에 앉아 코냑을 마시고 있을 때만 해도, 가장 두려운 일은 이제 지나갔다고 생각했다. 처음에 갔던 산부인과 병원에 그 모든 것을 두고 왔다고 말이다. 그런데 지금 생각해보니 아내가 그에게 거짓말을 한 것 같았다. 여자들이 출산하러 갈 때 남자들이 늘상 여자들을 내버려 두듯이, 그 역시 아내를 혼자 남겨두었다. 그는 술을 마시지 말고 거기 남아있어야 했다. 그렇게 했으면 그의 마음이 훨씬 가벼웠을 것이다. 그 밤이 얼마나 괴롭고 길게 느껴졌던지! 앞날을 알지 못할 때 기다림이라는 것이 얼마나 힘겨운 것인지!

 그는 문득, 페치카와 투박한 탁자, 시커먼 물과 습한 공기 등등 숲속 통나무집에서 보냈던 밤이 떠올랐다. 이 모든 것이 이제는 어찌나 멀게 느껴지던지, 자신이 아닌 다른 누군가의 기억 같았다. 아들이 생기면 언젠가 그 숲속 호수로 데려가겠다던 예전의 생각은 잔인한 비웃음거리가 되었다.

창밖이 서서히 밝아오더니, 방 안에 있는 사물들의 윤곽이 보였고, 조금 열려 있던 문으로 개가 소리 없이 들어왔다. 눈빛이 우울해 보이는 개는 예리하게 보이는 큼지막한 머리를 그의 무릎에 올려놓고 낑낑거리기 시작했다. 그는 이 개를 3년 전에 데려왔다. 그는 자기가 이 개의 주인이라고 여겼지만, 아내도 이 개를 귀여워해서, 최근에는 그나마 이 개가 그들의 유일한 연결고리였다.

산책을 하고 싶었던 개는 불안하게 머리를 흔들면서 남자를 문 쪽으로 불렀지만, 그는 팔걸이의자에 꼼짝 않고 앉아 담배를 피웠다. 커다란 벽시계가 눈에 들어오게 되자, 시간을 알리는 소리와 모습이 맞아떨어졌다. 그는 시계 분침에서 눈을 떼지 않고, 시계판의 가장자리를 따라 이동하고 있는 분침을 뚫어지게 보았다. 그는 8시 정각에 처음으로 병원 안내소에 전화를 걸었다. 혹시 누군가 일찍 나왔을지도 몰랐기 때문이다. 수화기에서 길고 가느다란 신호음이 들리는 동안, 심장이 쿵쾅거리고 배도 아팠다. 그는 이 신호음이 그치고 잠잠해진 후, 인기척과 함께 저 멀리서 누군가의 무덤덤한 음성이 그를 안심시키고 별일 없다고 말해주기를 원하면서도,

한편으로는 혹시나 하는 마음에 두렵기도 했다. 하지만 그는 이런 생각을 하지 않기로 했다.

개가 다시 낑낑대면서 문을 긁어댔지만, 개 주인은 밀랍 인형처럼 꼼짝 않고 앉아서, 도무지 외워지지 않는 전화번호를 누를 때만 시계에서 눈을 떼었다. 한 번은 전화를 잘못 걸어서 어떤 젊은 여자가 전화를 받기도 했고, 어떤 때는 통화 중이길래 누군가 출근했다고 생각했지만, 다음에 걸면 또다시 긴 연결음만 계속 들려왔다. 그는 열 번 정도 그러다가, 이렇게 이른 시간에 역시 산부인과 병원에 전화를 거는 미지의 누군가에게 전화선을 양보하기 위해 수화기를 내려놓았다.

9시에도 9시 15분에도 아무도 출근하지 않았다. 이제는 전화 걸 힘도 없을 지경이었다. 9시 40분이 되어서야, 완전히 날이 밝아오면서 얼어붙은 창문 너머로 보기 드문 12월의 태양이 운하 위로 떠올라 오늘 하루 추우면서도 청명한 날이 될 것을 약속할 때쯤, 카랑카랑한 노파가 전화를 받고는 아내의 성을 물어보고 나서 이렇게 말해줬다.

"2시 35분에 남자아이를 낳았어요. 체중은 약 400g이고, 키는 39cm. 산모 상태는 양호하고, 아기에 관한 정보는 제공하지 않습니다."

"잠깐만요, 잠깐만요, 전화 끊지 마세요!"

그가 소리치자, 그 소리에 개가 놀라서 물러서며 짖어댔다.
"아기는 살아 있어요?"
"이보게, 아기에 대한 정보는 제공하지 않는다니까."

3

  아기들이 누워 있는 작은 인큐베이터에는 엄마 배 속과 최대한 비슷한 조건을 제공하기 위해 산소가 공급되고, 일정한 온도와 습도가 유지되고 있었다. 아기들은 발가벗은 상태였고, 머리와 가슴에는 심장과 폐의 작동 상태를 확인하기 위한 줄들이 연결되어 있었으며, 옆에는 링거를 걸어놓은 거치대가 세워져 있었다. 넓고 깨끗한 집중 치료실에는 의사와 간호사가 항상 당직 근무를 서고 있었다.

  마흔 살 남짓한 의사는 키가 훤칠하고 안경을 쓴 남자로, 짧은 머리에 얼굴은 넓적하고 통통했다. 아직 애를 낳아본 적이 없는 어린 간호사는 집중 치료실에서 근무한 지 얼마 되지 않은 데다 감수성도 충만했다. 간혹 인큐베이터에 있던 벌거벗은 아기들이 생명이 다할 때도 있는데, 너무 일찍 태어났던 자그마한 시신들을 기계 장치들 투성이인 이 방에서 데리고 나가도 의사들이 속수무책으로 있는 상황이 간호사를 힘들게 했다.

최근 몇 년 동안 병원에서 태어나는 아기의 수가 현저히 줄었음에도 불구하고 조산아와 미숙아의 수는 줄지 않았다. 그들은 무슨 파도처럼 밀려오고는 했는데, 어떤 때는 하룻밤에 서너 명씩 오는가 하면, 어떤 때는 종일 한 명도 없을 때도 있다. 가장 최근에 몰려왔을 때는 10월이었는데, 일상에 지친 사람들이 쿠데타라고 하는 불쾌한 구경거리를 거리낌 없이 관전하고 있던 시기였다. 대도시 곳곳에서 많은 임신부들이 조산했고, 간호사와 의사들은 사람들이 무리 지어 건물로 들이닥치거나, 혹은 그냥 전기가 끊겨서 인큐베이터 안의 아기들이 모조리 죽어버릴까 봐 두려워하던 기억이 평생 트라우마로 남았다.

의사는 이 아기들을 애지중지했다. 아기들의 쭈글쭈글한 살갗은 힘없이 늘어져 있고, 손발은 가느다랗고, 머리는 가분수인 데다, 귀는 말랑말랑하고, 자그마한 어깨와 뺨에는 하얀 솜털이 나 있어서 무섭게 보이기도 했다. 자기들의 따뜻한 인큐베이터 안에 힘없이 누워서 자거나, 이따금 요란스레 움찔거리기도 하고, 손발을 내젓다가 다시 잠잠해지기도 했다. 기증받은 분유를 세 시간마다 먹이는데, 아기들이 직접 빨지 못할 경우 주사기에 분유를 넣어 코로 넣어주기도 했다. 이 아기들 한 명 한 명을 키우기 위해서는 엄청난 노력과 기술,

그리고 사랑이 필요했다. 아기들이 잘 자랄 때 의사는 행복해했다.

한밤중에 들어 온 남자아기는 태어날 때 양수를 삼킨 데다 호흡이 고르지 않았고 한쪽 폐도 열리지 않았으며, 폐렴까지 진행되고 있어 생명을 장담할 수 없는 상태였다.

아기는 자고 있었다. 오늘 밤 질식해서 숨이 멎을 뻔했던 악몽 같은 일을 겪고 나서 완전 곯아떨어졌다. 이 새로운 세계에 적응하기에 아기는 너무 연약했다. 거인처럼 보이는 어른들이 아무리 노력해도 이 세상은 그가 지금까지 머물고 있던 세상과는 달라도 너무 달랐다. 그러나 자그마한 그의 몸에는 기관과 세포와 신경이 모두 갖춰져 있었으며, 이 모든 것은 살기 위한 것, 생명을 지키기 위한 것으로서, 그를 엄습하는 찌르는 듯한 빛과 공기 그리고 소음과 싸워야 했다. 그는 살고 싶었다. 그게 자연의 뜻이었으니까. 당직이 끝나기 직전에 잠시 그를 들여다봤던 뚱뚱한 의사는 비대해진 간과 비장을 조심스럽게 만져보고 고개를 끄덕이더니, 옆에 서 있던 간호사에게 말했다.

"검사에 반응하고 있어."

의사의 시선이 차차 활기를 띠었다.

30분 후에 의사가 일지를 작성하고 로비에 내려가니, 안내소 직원이 그에게 밤에 태어난 아기의 아빠가 그를 만나고 싶어 한다고 전했다. 의사가 생각해보니, 애 아빠에게 구체적으로 말할 수 있는 것이 아직 아무것도 없었다. 만약 24시간이라도 지났다면 아기에게 기회가 있다고 확인해 줄 수 있었을지도 모른다. 왜냐하면 모든 인간의 삶에 있어서 가장 중요한 고비는 처음 일 분, 처음 한 시간, 처음 하루, 처음 한 달 그리고 처음 한 해이기 때문이다. 이 아기는 일 분과 한 시간을 생존했지만, 하루를 생존할 거라는 확신은 없었다. 물론 그 반대의 경우에 대한 확신도 없었다. 모든 것이 불안정했다. 저울의 한쪽 접시에는 무력하고 맥없으며 어떤 바이러스에 감염된 아기가 놓여 있고, 다른 한쪽에는 불친절하게 아기를 맞이하는 세상이 놓여 있는데, 어떤 접시가 내려갈지 의사로서는 알 길이 없었다.

그는 종교가 없었지만, 그런 경우 산모들한테 해주는 말이 있다. '종교가 있으면 기도하고, 종교가 없어도 그래도 기도하세요. 지금 가장 중요한 것은, 아기가 잘못될지도 모른다는 생각을 하지 않는 겁니다. 아기는 당신의 신체와 당신의 정신, 뇌 등등 아직 당신과 상당 부분 연결되어 있고, 무엇보다도 치료약이나 링거, 산소보다 아기힌데 훨씬 더 필요한 것은 당신의 사랑과 당신의 따뜻한 생각이에요. 사랑이 많아지면 아기를 구할 수 있어요.'라고. 구체적으로 말하는 것이 너무 잔인하고 섣부른 행동일 수도 있기 때문에 모든 사람에게 그렇게 말하는 것은 아니다. 하지만 이 여자에게는 그렇게 말했고, 그녀도 다 알아들은 것 같았다. 아침에 그가 병실에 들어갔을 때는 그녀의 눈에 절망과 슬픔이 보였지만, 그가 나갈 때는 희망이 보였다. 그는 그녀에게 할 일을 줬다. '누워서 아기를 사랑해 주는 것. 바로 그게 지금 당신이 할 일입니다.'라고.

남자들을 대하는 것은 좀 더 힘들었다. 그들은 아기를 사랑할 줄 몰랐다. 심지어 상냥하고 배려심이 많은 예비 아빠들이라 할지라도 그들이 생각하는 사랑은 사랑이라고 할 수 없는 것이었다. 자부심, 자존심, 공명심, 자기만족일 수는 있어도 절대 사랑은 아니었다. 대개는 이게 아무 문제가 없지만, 조산아가 태어날 때 간혹 산모더러 아기를 포기하라고 요구하는 남편들이 있다. 신이나 자연이 생명을 선사하면서 자신의 자비와 기적을 표현한 아기들을 부모가 버리는 이유는, 단지 부모로서 그들을 키우는 것이 무섭다거나 그들에게 결함이 남아있기 때문이다. 출생 당시 몸무게가 빵 한 덩어리보다 적었던 아기들 중에서 똑똑하고 건강하게 자란 사례를 수백 건은 들 수 있다고 의사가 말한다 해도 상황은 마찬가지다. 그가 생각하기에 세상에는 그저 그렇게 존재하는 것은 아무것도 없으며, 조산아 역시 필요한 존재다. 조산아들한테는 특징이 있는데, 그들의 뇌는 좀 더 일찍 활동하기 시작하며 보통 아이들보다 더 예민하고 감수성도 풍부하다는 것이다. 그렇기 때문에 가장 힘든 고비인 첫해만 이겨내면 부모는 전부 보상받을 수 있게 될 것이다.

하지만 최근 몇 년 동안 고아원에 들어가는 불행한 아기들이 점점 더 많아지고 있다. 부모의 관심과 사랑이 갑절은 더 필요한 아이들을 오히려 고아원에 보냄으로써 그 아기들은 장애인으로 자라게 되는 것이다. 톨스토이의 『전쟁과 평화』에 등장하는 피예르 베주호프처럼 생긴 상냥하고 선량한 이 의사는 조산아를 고아원으로 보내는 그런 부모들을 엄청 싫어했으며, 할 수만 있다면 그들이 절대 자식을 갖지 못하도록 강제로 불임 수술이라도 받게 만들고 싶었다. 그래서 아기들을 포기하지 않도록 설득할 수 있는 실낱같은 기회라도 남아 있을 때면 의사는 물러서지 않았다.

로비에서 그를 기다리고 있던 남자는 얼핏 봐서는 상당히 젊어 보이는 낯선 사람이었다.

"저, 어떻게 되는 분이죠?"

의사는 친절하게 물었다.

"남편입니다."

"아, 그럼 애 아빠군요."

의사가 좀 더 친절하게 고쳐 말하자 남자는 움찔했다.

"그런데 살고 계신 곳이 어디죠?"

그가 이렇게 물어본 것은 그냥 호기심 때문이 아니라, 자기 앞에 있는 사람이 정말로 애 아빠가 맞는지 확인하기 위해서였다. 이곳에서는 남편은 아닌데 애 아빠이거나, 혹은 반대로 애 아빠는 아닌데 남편인 경우가 있어서 나중에 많은 혼란이 생기기도 했기 때문이다.

남자는 어리둥절하면서도 불쾌한 표정으로 그를 바라보며 대답했다. 의사는 잠깐 차트를 살펴보았다.

"아, 저랑 가까운 동네에 사시네요. 첫 아이세요?"

"네."

"그렇군요."

남자는 지금 미칠 것만 같았다. 쓸데없는 방법으로 자신을 안심시키려 애쓰고 있는, 얼굴이 동그스름하고 여자처럼 생긴 이 뚱뚱하고 호기심 많은 인간의 손에 자기 아들 목숨이 달려 있다고 생각하니 참을 수가 없었다.

"아들이 태어났고, 조산입니다. 아기는 미숙아인데, 아주 심각할 정도의 미숙아라고 할 수 있죠. 지금 집중 치료실에 있는데, 솔직히 말해서 좀 힘든 상황입니다."

'이상입니다.'라는 말이 남자의 머릿속에 떠올랐고, 그는 의사가 이제 그에게 하던 말을 마무리할 거라 생각했는데, 의사는 사무적으로 말을 이어갔다.

"조치를 취한 결과 우리는 아기 상태를 진정시키는 데 성공했고, 상황을 지켜보고 있는데, 어느 정도 차도가 있는 걸로 보입니다. 그래요, 힘든 상황이긴 하지만, 차도는 있으니까요."

의사는 이 두 가지 견해를 저울질하는 것 같았다. 남자는 긍정적인 차도와 힘든 상황 가운데 어느 쪽이 더 무거운지, 아기는 앞으로 어떻게 될지 묻고 싶은 마음이 굴뚝같으면서도, 또 한편으로는 묻는 것이 두렵기도 했다.

잠시 침묵이 흘렀다. 의사는 무슨 말을 해야 할지 몰랐고, 남자는 질문하기를 피했다. 일어나서 가봐야 했지만, 무엇보다도 그는 지금 불확실한 상태로 혼자 남아있고 싶지 않았다.

"혹시 필요한 약이 있나요?"

적절한 질문은 아니었지만, 의사는 화제를 바꿀 수 있어서 좋았다.

"아니, 아닙니다. 우리한테 다 있습니다. 어쨌든 아시다시

피, 아기가 어느 정도 선진화된 산부인과 병원에 있으니 운이 좋은 거죠. 우리 병원은 모스크바에서 두 번째거든요."

그는 자부심을 가지고 덧붙여 말했다.

"첫 번째는 국립센터인데, 거긴 정부에서 상상을 초월하는 재정을 지원하죠. 그런데 우리는 스스로 잘 굴러가고 있지요. 장비들이 서구 것이기는 하지만, 기술에 있어서만은 서구를 능가하죠. 이런 산부인과 병원이 많지 않은 게 아쉬울 따름입니다. 심지어 우리나라는 유아 사망률도 높고 출산 합병증 비율도 높은데 말입니다."

'맙소사, 대체 왜 나한테 이런 얘길 하는 거야?' 남자는 생각했다. '내 아이가 유일한 한 명이 된다면, 우리나라 유아 사망률이 천 명당 백 명이든 한 명이든 그게 나와 무슨 상관이야?'

"모스크바는 아직 괜찮지만, 러시아 전국적으로 보면 형편없죠. 중앙아시아 같은 데는 뭐 말할 것도 없고요."

"아, 네."

남자는 건성으로 대답했다.

"혹시 저한테 뭐 감추고 있는 건 없죠?"

"안심하세요, 아버님. 당신 아기는 필요한 모든 치료를 받고 있고, 의사가 상시 관찰하고 있는 데다가 필요할 때까지 집중 치료실에 있을 겁니다. 우리는 가장 위독한 아기들도 살린 적이 있고, 당신 아기를 위해서 우리가 할 수 있는 최선을 다할 것입니다. 만약 아드님이 가망이 없었다면 달리 말씀드렸을 겁니다. 그리고 아내를 응원해주는 게 가장 중요한 일입니다."

4

 여자가 입원해 있는 산후 회복실은 3층에 있었다. 전에 있던 산부인과 병원과 달리 여기는 창문을 통해 남편과 대화할 수 있게 되어 있었다. 하지만 지금은 도저히 남편을 똑바로 쳐다볼 수 없을 것 같았다. 생각만 해도 참을 수 없이 수치스러웠다. 여기서 혼자 나가게 되면, 남편과는 더 이상 같이 살지 않겠다고 굳게 결심했다. 그런데 다음 날 아침 창문을 통해 어쩔 줄 모르고 두리번거리며 그녀를 찾고 있는 남편을 보자 마음이 흔들렸다.

 쩌렁쩌렁한 목소리로 자기 아내한테 호통을 치고 있는 다른 남편들 틈바구니에서 그는 불행해 보였다. 평소 그답지 않게 왜소해지고 풀 죽어 있는 모습을 보니 어쩐지 그의 상태가 자신보다 더 안 좋을 수도 있겠다는 생각이 들었다. 그는 언제나 생기발랄하고 낙천적인 성격이었지만, 힘든 일이라고는 경험해본 적이 없어서 난관에 부딪치게 되면 쩔쩔매는 사람이었기 때문이다. 그는 자리를 뜨지 않고 서서 담배를 피우며, 이제는 그녀를 찾으려 애쓰지 않고 그냥 그녀가 자신을 발견하기를 바랐다. 여자는 창문을 열지 않으려고 힘겹게 버티고 있었다.

그녀는 남편이 그녀의 인생을 갈라놓았다고는 생각하지 않았다. 그녀는 그가 '이것은 당신 문제니까 직접 알아서 모든 걸 해결해.'라고 말하듯이 그녀를 방치한 채 숲으로 가버리는 것에 익숙해져 있었다(의사는 그녀에게 첫 달, 반년, 일년은 힘들 테지만, 하루 동안 조금씩 조금씩 움직이는 태양처럼, 그녀도 매일매일 좋아지고 있는 거라고 말했다). 그런데 지금 이 순간 그녀는 남편이 떠나지 않고 있어줘서 고마웠다. 비록 그녀를 버리지 않는 것이 당분간만일지라도.

그녀는 혼자 감당해내기가 너무 힘들었다. 기운이 하나도 없었고, 한밤중에 겪어야 했던 악몽 같은 시간에서 벗어날 수가 없었다. 산후 회복실로 가는 동안 그녀는 복도를 걷는 내내 의사들이 금방이라도 '정말 안됐지만, 그렇게 됐어요… 손쓸 도리가 없었답니다….'라고 말할 것 같아 두려웠다. 그녀는 인생의 끝이고 마지막이자 삶의 종말이기도 할 이 일을 어떻게 감당해낼지 두렵기만 했다. 몇 시간 동안 그녀는 누워서 기도했다. 기노라기보다는 아기를 지켜달라는 눈물 섞인 애원과 두서없이 반복하는 말이 뒤범벅되어 쏟아져 나왔다.

그녀는 임신 기간 내내 지나치게 예민할 정도로 외로움을 느꼈는데, 지금은 자기 아들이 외롭겠다는 생각이 들었다. 아기는 그녀와 두어 걸음 떨어져 있는 '집중 치료실'이라는 무서운 이름이 붙은 방에 누워 있다. 처음으로 그녀와 떨어져 있는 것이다. 그녀는 오늘 밤에 자신이 아기를 배신한 것 같았고, 아기를 맡고 있어야 하는 가장 중대한 일을 해내지 못한 자신의 몸뚱이가 싫었다. 마치 저녁때까지 일부러 그녀를 붙들고 있었던 것 같은 그 금발머리 여자가 미웠다. '만약 그 여자가 나를 바로 보내주었더라면, 그리고 무슨 조치를 취했거나 출산을 멈출 수 있었다면……'

그녀의 어린 아들은 엄마 배 속에서 지내면서 몸무게를 늘리고 필요한 모든 것을 받는 대신 세상에 내던져졌고, 태어난 순간부터 엄마한테 버림받아 지금 저기 누워 있는 것이다.

'성모 마리아여, 당신이 저 아이에게 임하시어 그를 도와주소서. 저 아이는 지금 혼자 있으면 안 됩니다. 저 아이는 혼자 있던 적이 없었고, 혼자라는 것이 무엇인지도 모릅니다. 저 아이는 죄가 없고 살아 있는 그 어떤 것보다 깨끗하오니, 저 아이가 당신을 만나서 두려움을 멈추게 하소서. 저 아이는 지금 무서워하고 있지만, 만약 당신이 저 아이에게 임하신다면, 만약 당신이 저 아이를 어루만지신다면, 아이는 안정을 찾을 것입니다. 당신만이 지금 저 아이를 구원하고, 저 아이가 사라지지 않게 할 수 있습니다. 원하시는 대로 저를 벌하시되 저 아이에게는 임하소서.'

여자는 때때로 혼수상태에 빠졌다가도, 다시 깨어나서 계속 기도했는데, 혹시 아이가 이미 이 세상에 없어서 이 기도가 헛수고는 아닐까 하는 무서운 생각이 이따금 머릿속에 들어와 박혔다. 그녀는 두려워하며 이런 생각을 몰아내고 떠올리지 않으려 했지만, 이제는 '그래요, 태아가 배 속에서 죽어도 당신은 아무것도 느끼지 못해요.'라고 하는 유난히 사악하게 여겨지는 음흉한 소리가 들려왔다. 하느님, 맙소사! 그런 밤을 보냈는데 어떻게 제정신일 수 있겠는가! 그녀는 최근 몇 주 동안 복음서를 자주 읽었는데, 주께서 제자들에게 말한 어떤 부분을 잘 기억하고 있었다. 이 구절은 항상 그녀를 위로해주었고, 그녀를 두렵게 하는 것들을 떨쳐내게 했다.

'여자가 해산하게 되면 그때가 이르렀으므로 근심하나, 아이를 낳으면 세상에 사람 난 기쁨으로 인하여 그 고통을 다시 기억하지 아니하느니라.'

그녀가 병원에 입원해 있을 때와 몸이 아주 안 좋았을 때, 그리고 무서운 꿈 때문에 밤에 잠에서 깼을 때, 그녀는 이 구절을 떠올리며 이게 그녀가 거쳐야 하는 슬픔이면서도 훗날 기쁨이 될 거라고 믿었다.

　그러나 모든 일이 정반대로 흘러 슬픔은 커져만 갔다. 이것은 잘못된 것이고 불공평하며, 주님이 말한 것에 위배되었다. 이는 이제 아기도 여자도 아무런 도움을 받을 수 없음을 의미했다. 아기는 태어나서는 안 되는 때에 태어났다. 그녀의 나이가 너무 많아서였을 뿐만 아니라, 주변 세상에 악이 가득했기 때문이다. 그녀는 세례를 받을 필요도 없었고 이런 것에 대해 알 필요도 없었다는 생각이 끝없는 절망감과 함께 찾아들었다. 그녀 자신이 모든 것을 망쳐버렸다. 무섭고 가혹한 신에게 그녀의 기도와 눈물은 소용없었다. 주님이 그녀에게 원하는 것은 오로지 처벌이었고, 운명이 앗아가지 못한 그녀의 아기도 데려가겠지. 그녀는 무력하면서도 쓰디쓴 눈물을 흘리며 울기 시작했다.

　이것은 현실과 꿈이 뒤섞인 어떤 환영과도 같았다. 그녀는 의지할 곳을 상실했고, 인간의 영혼이 되돌아올 수 없는 곳으로 떠나는 깊은 절망과 두려움에 뒤덮였으며, 그녀의 아기도 그런 깊은 절망과 두려움에 뒤덮인 것이다. 아기가 잘못되면, 자신도 아기를 따라가리라 생각했다. 그녀는 더 이상 참고 기다릴 기력이 없었다. 주위는 어둡고 조용했으며, 아기가 죽었는지 살았는지도 알 수 없는 상황에서 그녀는 심장이 멎어버릴 것만 같았다. 그녀는 다시 기도해보려 했지만 할 수 없었다. 누군가, 혹은 무언가가 그녀를 방해했다.

몇 시간 전만 해도 그녀를 신에게 인도했던 고통의 진자가 이제는 그녀가 세례를 받기 전보다도 주님과 한참 더 동떨어진 곳으로 그녀를 내동댕이쳤다. 그녀가 주님에게 갔던 이유는 운명에서 벗어나 어머니가 되기 위해서였다. 임신부가 자신을 정신 나간 사람처럼 바라보는 사람들의 시선을 무릅쓰고 세례탕의 탁한 물속으로 옷을 벗고 들어갈 수 있었던 것은 자신의 두려움과 부끄러움을 딛고 넘어섰기 때문이었다. 그녀는 주님의 조력에 의지하기 위해 모든 것을 인내했는데, 주님은 그녀 인생에서 가장 힘든 순간에 그녀를 방치했다. 그녀는 외로움과 나락 이외에는 아무것도 느끼지 못했다. 무서운 시간들이었다. 누군가 들어와서 아이가 돌이킬 수 없게 됐다고 말한다면, 마치 암곰이 자기 새끼들과 놀려고 하는 미치광이한테 달려들 듯이, 그녀는 지금이라도 미쳐서 울부짖으며 그에게 달려들 것만 같았다.

그러다 아침이 밝았고, 덩치 좋고 동그스름한 얼굴에 안경을 쓴 남자가 병실로 들어왔다. 그는 곧장 침대에 앉아 그녀의 손을 잡고는 남자아이는 살았다, 생명이 붙어 있다, 상태가 매우 안 좋고 너무 힘들긴 하지만 그래도 생명은 붙어 있다, 당신이 반드시 아이를 도와주어야 한다, 당신은 좋은 것만 생각하고 절망하지 말아야 하며 당신의 포근함과 사랑만이 아이를 구할 수 있다고 했다. 여자는 울음을 터뜨리면서 정신없이 고개를 끄덕였다. 의사는 그녀의 눈을 보면서 이제 그녀가 희망을 갖게 된 거라고 여겼지만, 기실 그녀는 자신의 기도를 들어주고 그녀의 아들에게 다가가 손 내밀어준 성모에게 감사드리고 있었다. 성모가 아이에게 손 내밀지 않았다면 아이가 움켜잡을 손도 없었을 테니 말이다. 그녀 자신이 방금까지 낭떠러지에 매달려 있었고, 이 손이 없었다면 구원받지 못했을 거라는 걸 잘 알고 있었다. 그녀가 아이를 구한 것이 아니라 아주 작고 연약한 이 아이가 오히려 그녀를 도와 절망과 두려움을 이겨낼 수 있도록 해준 것이었다. 일어날 수 없는 일이 일어났다. 그녀는 아이를 가질 수 없었는데 그녀가 임신을 한 것도, 조산이었는데 유산하지 않은 것도, 지독한 운명이 내내 그녀를 방해하려 했지만 그러지 못했던 것도, 모두 기적이라 할 수 있었다. 모든 것이 자연과 운명에 거슬러 일어났기 때문이다. 그토록 그녀를 힘들게 했던 일들이 생겼던 것은 어리석고 악랄한 운명이 자신의 희생양을 놓치기 싫어서 불임과 태반기능부전, 감염, 상담소의 악랄한 여의사 그리고 사랑하지 않는 남편을 그녀에게 퍼부었기 때문이다.

그녀는 비틀거리며 가서 창문을 바라보았다. 남편은 여전히 서 있었다. 그는 완전히 풀 죽어 있었다. 그는 아마도 그녀가 아무 말도 하고 싶지 않다는 것은 모든 상황이 몹시 나쁘다는 것을 의미한다고 생각할 것이다. 그녀가 창문을 활짝 열고 그를 부르려는 순간, 등 뒤에서 고함 소리가 들렸다.

"산모님, 정신 나갔어요? 자, 자, 침대 앞으로!"

과장이 문가에 서 있었다. 그녀는 희끗희끗 센 머리에 누리끼리한 얼굴, 그리고 담배 냄새에 찌든 상태였다.

"남편이 뭔데 그래요?"

그녀는 퉁명스럽게 말했다.

"자신을 아끼세요. 아직 갈 길이 멀다고요."

"아기는…."

그녀는 기뻐서 목이 메었다.

"추측하기는 아직 이르지만, 어쨌든 아기가 지금 태어나서 다행이에요. 의학적으로는 그다지 신빙성 있는 얘기는 아니지만, 칠삭둥이를 돌보는 것이 더 쉽다는 옛말도 있어요. 특히 남자아이는요."

그녀는 한숨을 쉬며 침대에 앉았다.

"아기가 살았으면 좋겠어요."

여자가 고집스레 말했다.

"제발요."

과장은 '게다가 당신은 더 이상 출산 기회는 없을 테니까.'라고 생각했지만 입 밖으로 내지는 않았다.

5

 오전 미사는 끝났지만, 구 아르바트 골목에 있는 성당은 열려 있었다. 사람들이 들어와 양초를 사서 성상화 앞에 꽂기도 하고, 매대에 놓여 있는 브로슈어와 책장을 넘겨보기도 했다. 의자에는 방한화를 신고 털목도리를 한 노인 서너 명이 앉아 있었다. 남자는 성당 안에 들어서자마자 쩔쩔맸다. 그러다 양초 통 뒤에 서 있는, 날씬하고 남달리 예쁘게 생긴 아가씨에게 그의 눈길이 멈추었다.

 "알았어요."

 그가 횡설수설하면서 자신의 부탁을 말하자 그녀가 미소를 지으며 말했다.

 "아이 이름이 뭔데요?"

 "아직 이름이 없어요."

 "세례를 아직 안 받았어요?"

 "오늘 태어났거든요."

 "유감이네요."

아가씨가 침울하게 대답했다.

"교회는 당신을 도와줄 수 없어요. 세례 받은 사람들 기도만 해주거든요."

"하지만 그 아이에게 기도가 필요한 건 지금이라고요, 모르시겠어요?"

"그건 불가능해요. 세례를 먼저 받아야 해요."

그는 아기가 아파서 죽어가고 있는데, 당신한테는 언젠가 그런 일이 없을 것 같냐고 날카롭게 받아치고 싶었다. 그런데 그는 문득 그녀 얼굴이 그가 처음에 생각했던 것처럼 네스테로프의 그림과 닮은 데가 없고, 엄격하고 냉정한 직원으로서의 표정을 지닌 얼굴이라는 생각이 들었다.

그는 서둘러 밖으로 나왔지만, 이제 어디로 가야 할지 무엇을 해야 할지 몰랐다. 집에 가고 싶지는 않았다. 그에게는 딱히 가까운 사람도 없어서, 몰아치는 한파 속에서 종일 거리를 헤매고 다녔다. 여기저기에서 장식용품, 맛없는 수입 과자, 향수와 술을 파는 등 연말 장사를 하고 있었다. 몇 년 만에 시내에 나온 그에게는 이 모든 것이 낯설고 새로웠다. 한 번도 좋아해 본 적 없는 가로수길과 광장은 이제 혐오감을 불러일으켰다.

저녁 무렵이 되어서야 숙취가 완전히 사라졌다. 그는 원형

가로수길 뒤편에 있는 작은 빵 가게에서 따뜻한 빵을 사서 목이 메도록 거의 통째로 크게 베어 먹었다. 그러고 나서 다시 산부인과 병원으로 발길을 돌렸다.

건물은 낮에 볼 때보다 더 거대하게 보였다. 별도 없는 어두운 모스크바의 하늘 높이 솟아 있었다. 그에게 가장 가까운 두 사람이 저 건물 어딘가 깊숙한 곳에 있다고 상상하기 힘들었다. 그는 주위를 몇 바퀴나 돌았다. 발은 꽁꽁 얼고 담배를 하도 피워서 입 안이 역했지만, 그 자리를 뜰 수가 없었다. 닫혀 있는 진료실 문 옆에 있다가, 그의 아내가 다른 곳에서 출산할 거라는 말을 들은 지 하루가 지났다. 그리고 아내는 아이를 낳았다. 그녀가 병원 분만대에 누워 아이를 낳던 바로 그 순간에 자신이 한 일을 떠올리자 다시금 깊은 수치심이 느껴졌다. 그는 이 창문 아래 있는 대신, 술에 취해 잠을 자고 있었고 숙취로 힘들어하면서 꿈속에 있느라 직접 보지도 못했다. 자기 엄마 외에는 그 누구한테도 쓸모없는, 평범하고 허울뿐인 불필요한 인간에서 이제 아버지로 바뀌었다. 그런데 그에게 생긴 아기까지 정상이 아니었다. 이 모든 것은 우연이 아니라 다 이유가 있었고, 모든 게 자업자득이었다.

'이게 다 네 탓이야.' 그는 어떤 절망적인 충격에 휩싸여 이런 생각을 했다. '스스로를 잘 들여다보면 모든 것이 어느 정도 이해될 걸. 넌 언제나 시기심이 많았어. 그것도 그냥 시기심이 아니라, 그보다 더 나쁜 고약한 심보를 지녔지. 다른 사람이 슬퍼하면 넌 싱글거렸고, 네 친구들 가운데 누군가에게 안 좋은 일이 생기면 즐거워했지. 너한테 가까운 사람들일수록, 넌 위선적으로 안됐다는 표정을 지으면서도 속으로는 더 좋아했어. 넌 자신이 성공하는 것보다도 다른 사람이 불행해지는 것을 더 고소해했고, 그걸 즐겼지. 바로 그랬기 때문에 넌 아무것도 해내지 못했고, 네가 다른 사람한테 그렇게 바랐던 것처럼 그대로 네가 돌려받은 거야. 넌 모든 사람을 시기했어. 누구는 똑똑하고 능력이 좋은데 반해 넌 그냥 재간 있고 어리석지 않은 정도여서, 또 누구는 부자여서, 또 누구는 여자가 많아서, 이렇게 넌 언제나 질투할 핑계, 네 마음속에 사악함을 불러일으킬만한 핑계를 찾아내려고 했지. 아, 그놈의 시기심, 시기심, 정말 역겨워. 그것은 치명적인 죄악이지. 그것은 살인을 낳고, 신이 내려준 것들에 고마워할 줄도 모르게 만들지. 그렇기 때문에 시기심이 강한 인간은 탈탈 빼앗기게 되는 거야. 너의 시기심에 대한 대가를 네 아들이 치르게 되는 거라고.'

남자는 의사와 나눴던 대화가 떠올랐다. 만약 아이가 살아

남는다면 십중팔구 장애인이 되어 정신적으로나 육체적으로 뒤처진 아이가 되겠지. 제대로 시작도 못해보고, 나이 서른여섯에 인생이 끝장나다니. 가족을 버리지도 못할 테니, 앞으로 사는 동안 병원, 의사, 약, 특수학교, 기숙학교 따위에 매여 살게 되겠지. 치료제와 같은 어떤 기적에 대한 한 줄기 희망과 절망 사이를 시계추처럼 왔다 갔다 하면서 평생 살게 될 거야. 하지만 이 모든 것에 대한 비용은 아무것도 아니지. 인생의 기쁨, 그가 그토록 소중히 여겼던 즐거움, 그의 주체성과 평온함, 이런 모든 것들을 잃게 되고 다시는 누리지 못하게 되리라. 만일 아기가 다른 사람을 괴롭히지 않고, 자신도 괴롭지 않도록 눈을 감고 영원히 잠든다면, 어쩌면 그게 더 나을 수도 있지 않을까? 하는 교활한 생각이 타올랐다. 아기를 잊게 되고, 이혼해서 아기를 잊은 채로 각자 자기들 인생을 시작하게 되면, 그도 그녀도 더 성공적으로 살아갈 수 있게 될까? 맙소사, 이렇게 추악한 생각을 하다니! 자기 아들이 죽기를 바라는 이런 냉혈한 같은 인간이 어딨어! 아비가 되자마자 그걸 바로 끝장낼 생각을 한단 말이야!

그는 아내에 대한 어떤 적개심에 사로잡혔다. 그녀와 결혼한 것이 실수였을 뿐만 아니라, 그의 인생을 파괴한 가장 큰 불행이라는 생각이 들었다. 오래전에 그녀를 떠나, 인내심이 있고 건강한 아기를 낳을 수 있는 다른 누군가를 찾았어야 했다. 그는 자신이 그 정도로 아기를 원할 것이라고는 전혀 생각지 못했다. 하지만 그가 원했던 것은 건강하고 온전한 아이였다. 그의 증오심은 지난밤 아내한테 느꼈던 모든 연민을 쓸어가 버렸다. 그는 미친 사람처럼 주변을 전혀 인식하지 못하고, 손을 흔들어가며 거리를 걸으면서, 뭔가 중얼거리기도 하고, 맥락 없는 말들을 크게 떠들어대기도 했다. 멍청한 소아과 의사의 둥근 얼굴과 교회의 예쁜 아가씨, 접수실 늙은이와 그를 위로하려고 했던 모든 사람들의 얼굴이 눈앞에 줄줄이 떠올랐지만, 이제 그는 연민 따위는 벗어던졌다. 그는 어둠 속에서 누군가에게 달려들어 지저분하게 욕하고 치고받고 발악하고 저주를 퍼붓고 싶었다.

'맙소사, 대체 내가 왜 이러는 거야? 왜 나한테 이런 일이 생기는 거지? 진정하고 침착해야 돼. 정신 차려야 한다고. 내가 지금 어딨는 거야?' 주위를 둘러보니 이미 한참 전부터 집도 사람도 보이지 않았던 것 같았다. 어딘가에서 희미한 등불이 빛나고 있었고 높은 담장으로부터 개 짖는 소리만 들렸다. 창고, 격납고, 건설 현장, 타워크레인 그리고 눈이 쌓이고 유리가 깨져 있는 자동차들이 그를 에워싸고 있었다. 소리가 나서 보니, 전조등으로 어둠을 가르며 달리는 전철과 빛을 향해 날아드는 눈송이들이 보였다. 그는 발아래에 아무것도 보이지 않아서 부딪치기도 하고 넘어지기도 하면서 울퉁불퉁한 길을 따라 앞으로 걸었다. 심지어 얼마 동안은 아내와 아기 생각도 나지 않았다. 나중에는 철로가 놓인 곳으로 나와 침목을 따라 걸었다. 이 길이 무슨 길인지, 어디로 나 있는 길인지도 알 수 없었다. 여전히 주변은 한쪽에는 담장, 다른 쪽은 숲 말고는 아무것도 없었고, 맞은편에서는 요란한 소음과 전기 냄새를 끼얹으며 기차가 지나갔다. 드디어 앞쪽에 플랫폼이 나타나자, 그는 여기가 바로 그들이 살고 있는 곳 옆에 있는 간선 철도라는 것을 알게 되었다.

집에 다다르자 창문으로 불빛이 보였다. '그래, 끝났군. 아기는 이제 없어. 아내를 집에 데려다줬나 보네.' 그는 처음에 느낀 것이 두려움인지 안도감인지조차 구분할 수 없었다. 다만 '그런 아기들도 무덤에 묻히나?'라는 생각이 떠올랐을 뿐이다.

두 명의 놀란 여자 얼굴이 열려진 문으로 그를 보고 있었다. 그의 어머니와 장모였다.

"어젯밤에 전화하셨더랬어요?"

그가 침울하게 물었다.

"내가 전화했네."

장모가 말했다.

"너무 걱정이 돼서 말이야… 어디에…."

"애 낳았어요."

"아니, 어떻게? 아들이야, 딸이야?"

장모가 소리쳤다.

"몸무게는 얼마나 나가나? 나는 한 명은 3.5kg이었고, 다른 한 명은 4.2kg이었는데."

그녀는 과시하듯 우쭐대면서 말했다.

남자는 기겁을 하며 어머니를 바라봤다. '과연, 엄마가 참지 못하고 맞받아칠까?'

하지만 어머니는 아무 말도 하지 않았고, 평소처럼 무뚝뚝한 얼굴이(어머니는 무뚝뚝한 면에 있어서는 아내와 닮았다, 아니, 정확하게는 아내가 어머니를 닮은 거겠지) 유난히 아름답고 포근하게 느껴졌다. 그는 유일하게 자기를 사랑하고, 자기를 있는 그대로 받아들여 주는 어머니에게 자신의 정신적 괴로움을 털어놓고 싶었지만, 제삼자가 있는 것이 마음에 걸려서 아무 말도 하지 않았다. 침묵을 자기 방식대로 해석한 장모가 뭔가 말하기 시작하자, 남자는 개를 데리고 산책하러 나갔다.

6

 땅거미가 지기 시작하자 여자의 걱정이 더 커졌다. 그녀는 의사가 다녀간 후 하루 종일 안절부절못했다. 그녀는 누구든 더 와줬으면 했지만, 5시에 간식을 가져다줬을 뿐 복도는 조용했다.

 그러다 잠이 들었는데, 모든 게 낯선 탓에 잠에서 깼다. 그녀는 자기가 지금 어디에 있는 건지, 무슨 일이 있었던 건지 바로 알아차리지 못했다. 그리고는 모든 일이 떠오르자 다시 슬피 울었다. 그녀의 마음뿐만 아니라, 온 신경이 쏠려 있었던 그녀의 배가 비어 있는 것에도 적응이 쉽지 않았다. 임신이 끝나면서 비밀스러움도 함께 끝이 났다. 그녀는 예전처럼 조심스레 몸을 돌려 움직이면서 기계적으로 배에 손을 갖다 댔다. 배는 여전히 커 보였고 자궁도 얼른 줄어들지는 않았지만, 그녀는 이제 전날과는 완전 다른 사람이 되어 있었다. 젖가슴에서는 초유가 흐르기 시작했다. 조산인에도 불구하고 몸에서는 젖이 만들어지고 있었다. 그녀는 아기를 안아

보고 싶어서 참을 수가 없었다. 여자는 가운을 걸치고 복도로 나갔다. 왼쪽에는 텔레비전과 안락의자가 놓여 있는 작은 홀이 있었는데, 임신부와 산모, 그리고 유산한 여자들이 앉아 있었고, 오른쪽에는 분만과 출입구가 있었다.

"어디 가세요?"

간호사가 멈춰 세웠다.

"집중 치료실에는 들어가실 수 없어요."

그녀는 복도를 따라 뒤로 가서 창가에 섰다. 대각선 맞은편에는 푸르스름한 방이 있었다. 그녀는 처음에 그곳이 분만실인 줄 알았는데, 주의 깊게 살펴보니 집중 치료실이었다. 저기에 그녀의 아기가 있는데, 그 아이한테 가려면 모퉁이를 돌아 스무 걸음쯤 가야 했다. 안에 사람들의 형체가 어른거렸고, 저들이 뭘 하는지 알고 싶어서 뚫어져라 보고 있는데 느닷없이 불이 꺼졌다.

여자는 겁이 났다. 불이 다시 켜지기를 기다렸지만 창문은 여전히 어두웠다. 그녀는 재빨리 복도를 따라갔다.

"어머니."

간호사가 불렀다.

"진정하시고 본인 병실로 가세요. 의사 선생님 오시면 산모님이 아기를 볼 수 있게 해달라고 부탁할게요."

그녀는 고개를 끄덕이긴 했지만 병실로 가지 않고, 집중 치료실이 보이는 창문으로 다시 가서 불이 켜질 때까지 서 있었다.

이제 그녀에게 목표가 생겼다. 그녀는 침대에 앉아서 기다리며, 바로 어제저녁 이 시간에 오랫동안 구급차를 기다리고 있었던 일을 떠올렸다. 조산이라고들 하지만, 실은 유산이 분명하니까 이제 아기는 잊어야 한다고 생각했었다. 그런데 남자아이가 태어났고, 엄마가 되었으니 그거면 된 것이다.

이제 너무 늦었고 아무도 오지 않았다. 다들 그녀에 대해 잊었거나, 그녀가 복도에 얼씬거리지 않도록 그냥 해본 말이었을지도 모른다는 생각이 들었다. 하지만 잠시 후 문이 살짝 열리더니, 아까 그 간호사가 속삭이듯 물었다.

"어머니, 안 주무세요?"

집중 치료실에 들어가기 전에 그녀에게 위생 가운을 입히고, 신발 커버와 위생모, 그리고 마스크를 쓰게 했다. 그녀는 인큐베이터 안에서 떨고 있는 붉으락푸르락한 덩어리를 발견했는데, 선들로 칭칭 감겨 있었고, 머리에도 바늘이 꽂혀 있었다. 그녀는 의사의 손에 의지한 채 한마디도 할 수 없었다. 아이가 얼마나 작고 연약한지 상상조차 할 수 없었다. 말도 안 되게 작은 몸집에 생명이 겨우 붙어있는 것 같았고, 이런 상태에서 사람으로 성장한다는 것이 믿기지 않았다. 그녀가 아기를 가까이 들여다보니, 주름진 얼굴과 입, 눈, 코, 손 그리고 놀랍도록 가늘고 긴 발가락과 발톱이 달린 발이 보였다. 그녀는 여기에 오래 있을 수 없다는 것을 알기에, 작은 것 하나까지 기억하려 애쓰면서, 잠들어 있는 따스한 몸에 폭 빠져들어 도취된 듯 열심히 들여다보았다. 아기 다리 사이로 가늘고 연약한 물줄기가 나오자, 이루 말할 수 없는 행복한 다정함이 그녀를 사로잡았다.

"어머나, 오줌을 누고 있어요!"

그녀는 탄성을 질렀다.

"어이구, 장군감이네요!"

의사가 말했다.

"기다려보세요, 아기가 앞으로 더 많은 걸 보여줄 테니."

'아, 성모님, 성모 마리아님, 주님, 주님.' 그녀는 두서없이 속삭였다. '이 모든 것은 당신입니다. 아직 떠나지 마세요. 저에게 허락되지 않는 동안 이 아이와 좀 더 계세요. 나중에 아이를 당신께 데려가겠습니다. 당신이 구원해주신 거라고 나중에 아이한테 말해주겠습니다. 당신은 이 아이의 수호자입니다. 아이를 당신에게 바치겠으니, 그저 제발 지켜만 주세요.'

그녀는 주체할 수 없는 기쁨과 경외심을 안고서 밖으로 나왔다. 깡마른 의사가 장치와 링거에 대해 덧붙인 말 따위는 귀에 들어오지 않았다. 그녀는 '중요한 것은 이 의사나 장치가 아니다, 의사들은 천상의 뜻을 알지 못하고 다만 이행할 뿐이다.'라고 믿고 있었다.

복도에서 그녀는 남편에게 전화할 수 있게 해달라고 부탁했다. 그녀는 목이 메인 채, 가장 가까운 사람이자 가족으로서 그에게 아기에 대해 이야기하기 시작했다. 말이 꼬이기도 했고, 횡설수설하기도 하면서, 아침에 창문 아래에 서 있어줘서 고마웠다는 말도 했다. 그녀는 흥분해서 자기가 무슨 말을 했는지도 생각나지 않았지만, 그들의 고통이 헛되지 않았다는 것을 남편이 알아주기를 원했다. 그러나 그는 아무 말도 하지 않았다.

"당신은 하나도 안 기뻐?"

그녀는 화가 나서 물었다.

"기쁘지. 여기 장모님이 계셔. 전화 바꿔줄까?"

"필요 없어. 나중에."

"전화해줘서 고마워."

그는 조용히 말하고는 수화기를 내려놓았고, 그녀는 그에게 솔직하게 말한 것을 몇 개월 전과 마찬가지로 엄청 후회했다.

하지만 그때 만일 여자가 그의 얼굴을 봤다면 깜짝 놀랐을 것이다. 그의 얼굴에는 극도의 절망감과 자신에 대한 혐오가 드러나 있었다.

"쓰레기 같은 자식!"

그가 중얼거렸다.

"난 정말 쓰레기 같은 자식이야! 주여, 당신은 어떻게 이런 놈에게 그런 것을 허락하십니까?"

그가 창으로 다가가서 차가운 유리에 바싹 기대니, 산부인과 병원 쪽으로 멀어져 가는 전철의 경적 소리와 소음이 들렸다. 아래를 내려다보니, 가로등 두 개가 간밤에 내린 깨끗한 눈을 비추고 있었다. 그는 창문을 열고 한동안 꼼짝 않고 서서, 차가운 공기를 깊게 들이마셨다.

그는 어제 마시다가 남은 코냑 병을 들어 술잔에 거칠게 따랐다.

시계를 보니 밤 11시 45분이었다. 힘든 일의 연속이었던 하루가 끝났고, 생각해보니 오늘은 그의 아들 생일이었다. 어찌 됐든 그는 아들이 생겼고, 이제 누구도 아이를 뺏어가지 못할 것이다. 어쩌면 이 생일이 처음이자 마지막 생일이 될지도 모를 일이다. 그는 코냑 한 모금을 마시고는, 열려 있는 어두운 창문 앞에 털썩 무릎을 꿇고, 정신없이 속삭이기 시작했다.

"주여, 저에게 어떤 벌이든 내려 주시고, 당신께서 필요하신 햇수만큼 저의 생명을 가져가시고, 저의 건강과 힘을 가져가시고, 그 통나무집을 가져가소서. 모든 것을 가져가시되, 다만 아이는 살게 하시옵소서."

제3부

1

 사흘째 되는 날 아기의 생명에 대한 위협은 지나갔지만, 그렇다고 해서 수월한 나날은 아니었다. 아이 몸속에서는 항생제와 바이러스의 절망적인 싸움이 진행되고 있었다. 아이는 발열과 오한에 시달렸고 체중은 1.5kg 중 거의 오분의 일이 빠졌다. 하지만 발진이 사라지고 왼쪽 폐가 열려서 숨쉬기는 쉬워졌다. 더 이상 링거도 분무식 산소 공급도 필요하지 않았고, 부기도 빠지고 있었다. 이틀 후, 아기는 집중 치료실이 있던 산부인과 병원에서 5분 거리에 있는 2층짜리 작은 건물에 위치한 조산아 전문 병원으로 이송되었고, 여자는 그날 퇴원했다.

 밖으로 나온 그녀는 두꺼운 외투 때문에 둔해져서 다소 비틀거리며 걸음을 옮겼다. 얼굴은 나이 들어 보였고, 눈 밑으로 주름이 졌으며, 검은색 털목도리를 해서 창백한 얼굴이 도드라져 보였다. 그녀는 흐느껴 울기 시작했다. 홀가분하고 기뻐서 흘리는 눈물이 아니라 고통스럽고 막막하고 두렵고 절망적이어서 나오는 눈물이었다. 악몽에서라도 볼까 걱정했던 일이 일어나고 말았다. 아이를 놔둔 채 병원을 나서야 했던 그녀는 마치 죄인이라도 된 듯 시선을 피하고 있었다.

태어날 때부터 엄마의 온기와 사랑을 받지 못하고 엄마를 한 번도 보지 못하고 엄마 손길조차 받지 못한 불쌍한 아기는 남의 손에 있는데, 다들 그녀에게 무슨 일이 생긴 건지 어떻게 왜 그런 일이 생긴 건지 집요하게 캐묻고 판단하고 흉보고 짐짓 동정하는 체하는 그런 세상으로 그녀는 돌아가야 하는 것이다. 그녀는 시어머니와 친정 엄마 그리고 축하해야 할지 동정해야 할지 몰라서 어정쩡한 말로 전화하게 될 사람들을 생각만 해도 두려웠다. 임신 초기 때보다도 훨씬 더 사람들 시선으로부터 숨고 싶었다.

아침에 병원 사람들이 아기를 집중 치료실에서 조산아 전문 병원으로 옮길 건데, 이건 아주 좋은 징조라고 그녀에게 말했을 때 느꼈던 흥분은 사라졌다. 그녀는 전철에서 남편에게서 반쯤 돌아앉아 있었다. 서럽고 의기소침하고 모든 것으로부터 고립된 기분이었다. 집에서 서둘러 저녁을 먹고는 우유를 마시고 잠자리에 누웠지만 잠이 오지 않았다. 불길한 망상에 사로잡힌 듯 잠에서 깨곤 했으며, 자기 아파트가 낯설게 여겨지기도 했다. 그녀는 이른 아침, 맞은편 고층 아파트에서 불빛이 켜지자마자 집을 나서서 역으로 갔다.

길고 널찍한 플랫폼에서 그녀는 따뜻한 전철에 올라탔다. 전철이 눈 덮인 모스크바강의 저지대와 드넓은 활주로 위를 지나, 얼어붙은 운하와 갑문 위 그리고 공원과 공단의 뒤를 돌아 그녀가 내려야 하는 역으로 다가갈수록 그녀의 걱정은 점점 더 커졌다. 그녀는 자기가 집에 있는 동안 아기한테 무슨 일이 일어났을 거라는 예감을 떨쳐버릴 수 없었다. 그녀가 전철에서 플랫폼으로 뛰어내릴 때는 이미 조금씩 날이 밝아오고 있었고, 지금까지 기적적으로 살아남은 연구소에 기적적으로 살아남은 근무자들이 빽빽하게 무리 지어 미끄러운 길을 따라 걸어가고 있었다. 그녀는 걸음을 재촉하며 걷다가, 젖가슴이 불어서 팽팽해졌을 때쯤에는 미친 여자처럼 거의 뛰다시피 했다. 병원에 도착한 그녀는 재빨리 외투를 벗고 아들이 누워 있는 격리실로 향했다. 아기를 바라보는 것만 허용됐기 때문에 그녀는 산모들 방에서 역시 조산아를 출산한 여자들에 섞여 남은 시간을 보냈다.

처음에 그녀는 그들과 좀 떨어져 앉아 있었다. 그 여자들은 오래도록 수다를 떨곤 했는데, 그들 중 자기보다 상황이 훨씬 더 나쁘고 훨씬 더 많은 일을 겪은 여자들이 많았음에도 불구하고, 나쁜 일 따위는 전혀 겪지 않은 사람처럼 경박하게 웃고 떠드는 것이 그녀로서는 보기 싫었기 때문이다. 그녀는 별안간 출산을 한 것도 아니었고 집에서 출산한 것도 아니었으며 제왕절개를 한 것도 아니었다. 분만 중 아기가 다친 것도 아니었고 둘 중 하나가 죽는 쌍둥이도 아니었다. 그녀가 생각하기에 비교적 수월하게 아기가 나왔고 아들의 몸무게도 여기 기준으로는 그런대로 괜찮은 편이었다.

다만 저들은 그녀보다 더 젊어서 그다지 걱정되지 않거나, 혹은 자기감정을 더 잘 숨기고 있는 것이다. 그녀는 이 방에서 그들과 함께 유축을 하는 긴 시간 동안 유아식, 유아복, 유모차 등에 대한 그들의 수다를 듣고 있었다. 그녀도 언젠가는 이 모든 것들을 준비해야 한다는 것과 무섭고 불안해하는 것 말고도 현실적으로 아이와 함께하는 일상도 있다는 것을 생각하니 덜컥 겁이 났다. 하지만 그녀는 조금씩 안정을 찾아갔고 마음을 누그러뜨렸으며 충격에서 몸을 추슬렀다. 화장도 하고 옷도 세련되게 입는 것을 잊지 않는 이 여자들에게 그녀는 정을 붙이기 시작했다. 그녀가 안정을 찾을 수 있었던 것은 그녀 혼자 해낸 것이 아니라, 여기 있는 모두가 서로에게 연민을 느끼고, 서로를 보듬어 주었기 때문이었다. 이곳에서는 부자든 가난하든, 교육을 받았든 받지 않았든, 남편이 찾아오는 행복한 아내든 미혼모든, 다들 똑같아 보였다.

3시 이후에는 머무를 수 없는 병원에서 나와 집으로 가자마자 마음의 안정은 사라져버렸다. 그녀는 밤마다 공포와 섬뜩한 꿈, 오가는 전철의 굉음, 아기가 몸무게도 잘 늘지 않고 비실대며 젖병을 잘 빨지 못하니 수유는 꿈도 꾸지 못한다는 생각 등등으로 잠을 설치곤 했다. 그녀는 아기가 밤마다 잠을 못 자고 울고 있는데도 아무도 들여다보지 않는 상상을 하기도 했다. 걱정스런 마음으로 아침에 전철을 타러 갈 때마다 자신이 살아 있다는 느낌이 들지 않았다.

　그녀의 아이를 치료하는 젊은 주임 의사는 몹시 도도하고 거만하기로 정평이 나 있지만, 그런 의사조차 그녀한테만은 모든 질문에 대답해주고 위로해주고 아기와 좀 더 오래 있을 수 있게 해줄 정도로, 그녀의 두 눈에는 근심이 한가득이었다.

　처음 열흘 동안 아기는 인큐베이터에 누워 있었다. 이제 산소는 더 이상 공급하지 않아도 됐지만, 아기가 스스로 체온을 유지할 수 없었기 때문에 온도는 유지시켜 주어야만 했다. 수유는 간호사가 했고, 여자는 유축해서 그들에게 건네줄 뿐이어서 자신은 완전히 그들의 주도권 하에 있는 것 같았다. 그녀는 간호사 한 명 한 명을 말없이 애원하듯 바라보면서, 그들이 툭툭 내뱉는 말들 속에서 인큐베이터에 누워 있는 남자아이에 대해 한마디라도 얻어 보려 애썼다. 하지만 간호사들은 그녀를 무시하듯 대했고, 어쩐지 그러는 그녀한테서 우월감을 맛보고 있는 것 같기도 했다.

그녀가 곧 깨달은 바에 의하면, 간호사들은 좋은 간호사와 나쁜 간호사, 양심적인 간호사와 비양심적인 간호사로 나뉘고, 각자 기질에 따라 가리지 않고 모조리 받아 가는 부류와 돈만 받아 가는 부류, 그리고 아무것도 받지 않는 부류로 나뉘었다. 그녀도 자기 자신의 결벽성과 무능을 무시하고 어떻게든 해보려고, 초콜릿과 오천 루블짜리 지폐를 간호사 주머니에 찔러 넣기도 하고, 환심을 사려고 간호사 비위를 맞춰보기도 했지만 성공률은 그다지 높지 않았다.

그녀는 걱정 속에서 새해를 맞이했다. 아기와 떨어져 있는 한 명절을 챙긴다는 것은 있을 수 없는 일이었기에 새해 첫날이 명절 같지도 않았다. 그녀는 유축하고 나서 평소처럼 잠자리에 들었다. 그날을 특별한 날로 여기지 않았기 때문에 명절상 따위도 차리지 않았다. 그녀가 잠을 청하면서 간절히 바랐던 것은 오로지 하나, 신과 러시아로부터 저주받은 그 악몽 같은 지난해에 가장 무서웠던 모든 것을 놔두고 갈 수 있도록 해달라는 것이었다. 그녀의 남편은 아무것도 없는 탁자와 자극적인 텔레비전 화면 앞에 혼자 앉아 있었다. 그러다 그녀가 병원에 가려고 6시가 조금 넘은 시간에 일어났을 때, 그는 함께 가겠다고 말했다.

2

그는 아버지가 된 지 거의 3주가 되었지만, 아직 자기 아들을 한 번도 보지 못했다. 아들이 태어난 처음 며칠 동안 그가 겪었던 두려움과 망연자실은 우둔함으로 바뀌었고, 그는 자신에게 닥친 일에 체념하기도 하고, 때로는 잊으려고도 하면서 기계적으로 지냈다. 아내는 자기만의 근심에 빠져 있느라 다시 그에게서 멀어졌고, 두 사람은 서로 거의 쳐다보지도 않았으며, 대화도 별로 하지 않았다. 그녀는 집에 오면 바로 잠자리에 들었고, 그는 일을 많이 했다. 두 사람 다 지인들한테도 직장에서도, 그 누구에게도 아기가 태어났다는 말을 하지 않았다. 마치 그들 인생에 아무런 변화도 없었던 것처럼 지냈다. 그들은 서로에게 다하지 못한 말과 서로에 대한 소외감만 더해갔을 뿐, 그의 마음속 깊은 곳에서는 그녀를 탓하고 있었고 용서가 되지 않았다. 그런데 새해 전야에 그는 아기의 상태에 대해 아는 것이 없어 괴로워하며 어둠 속에 앉아 시계 소리를 듣고 있었던 그날 밤에 대한 기억이 생생히 떠올랐다. 지금은 아이를 보는 것까지는 기대하지도 않으며, 아이가 있는 곳이라도 보고 싶어서 몸이 근질거렸다.

병원은 첫눈에 마음에 들었다. 병원 내부는 오래된 모스크바 저택을 연상시키는 뭔가 감동적인 느낌을 줬다. 그는 나지막한 현관에 들어서서 눈을 털었다. 출입문 너머에 있는 탁자에 낡고 커다란 장부가 펼쳐져 있는 것이 눈에 들어왔다. 이 장부에는 전체 아기들의 일일 몸무게 증가량이 기록되어 있었다. 남자가 보니, 거기에는 자기 성도 있었다.

처음에 그는 이 성이 자신을 가리키는 게 아니라는 것을 이해하지 못하다가, 그걸 알아차리는 순간 머릿속이 하얘지는 것 같았다. 이것은 그가 정말 아빠가 됐고, 같은 성을 가진 누군가가 지상에 또 있다는 최초의 증거 자료였다. 그러나 이것은 그에게 기쁨도, 자부심도, 환희도 아닌, 자기가 무방비 상태라는 아주 예민하고 병적인 느낌을 불러일으켰다.

"아버님, 아들 보러 오셨어요?"

그가 고개를 들자 하늘색 가운을 입은 잘생긴 여자가 보였다.

이게 정말 그가 원하는 건지 자신은 없었지만, 의사가 약간 비웃듯이 자신을 응시하자, 그는 외투를 벗고 구두 위에 신발 커버를 씌우고는 가파른 계단을 따라 오르락내리락하면서 어떤 복도를 따라 걷다가 격리실에 들어갔다.

여기는 현실과 동떨어진 곳 같았는데, 가운 차림의 젊은 여자들 천지였고 수족관처럼 생긴 인큐베이터와 유아용 침대가 놓여 있었다. 그는 걸어가면서 어쩌면 인생에서 가장 중대한 일, 즉 자기 아들을 만나는 일이 지금 생길 수 있다는 생각이 들었다.

뚱뚱한 할머니가 앉아 있는 작고 환한 방에서 의사가 그를 인큐베이터로 데려갔다.

"자, 보세요, 바로 이 아기예요, 당신의 귀염둥이!"

그는 아들이 유아식품 상자에 그려진 것처럼 통통하고 건장한 아기일 거라고는 아예 상상조차 하지 않았지만, 막상 아이를 보자 말문이 막혔다. 그의 앞에는 작은 흰색 배냇저고리를 입고, 허리까지 올라오는 기저귀에, 불그스름하고 주글주글한 애늙은이가 누워서 손을 휘젓고 있었다. 배냇저고리는 가장 작은 치수인데도 아기한테는 너무 컸고 머리에 쓴 털모자 역시 컸다. 아기는 팔을 벌리고 자면서 입에서는 쪽쪽 소리를 내며 움찔거렸는데, 무엇보다도 남자를 놀라게 한 것은 아기가 자기랑 완전히 판박이였다는 것이다. 물론 자신의 아기 때 사진에서 본 자기 모습처럼 그 정도로 크지도 않고 그렇다고 지금의 모습처럼 생긴 것도 아니지만, 그렇게 클 소지가 아주 다분히 있어 보였다.

 의사는 아기가 더 잘 보이도록 인큐베이터에 손을 넣어 모자를 벗기고는 아기를 살짝 들어올렸다. 혈관 때문에 울긋불긋하게 보이고 태지가 붙어있는 작은 머리는 뒤로 젖혀지지도 않고 그냥 좌우로 흔들렸으며, 아랫입술을 삐죽 내밀고 못마땅한 듯 얼굴을 찡그리고 있었다. 남자는 아기 칭찬을 늘어놓는 이 여자들이 어떻게 할 줄 몰라 쩔쩔매고 있는 자신을 놀리려고 쳐다보기라도 하는 것처럼 어색하기도 하고 부끄럽기도 했다.

 무슨 말이라도 해서 고마움을 표해야 했지만 그는 한마디도 할 수 없었다. '이 아이가 내 아들이라는데, 정말 내 아들인 게 맞겠지?' 그는 이 예쁘장한 의사 말을 따르느라, 생각보다 일찍 아기를 본 것을 후회했다.

 그는 격리실에서 나오다가 아내와 마주쳤다. 그녀는 하얀 가운 차림에 젖병을 들고 있었다. 그는 아내가 지나갈 수 있도록 옆으로 비켜섰다. 그녀가 보기에 그의 눈빛은 몇 달 전 그들의 불행이 막 시작되고 그녀가 처음 입원했을 때처럼 절망적이고 무방비 상태이며 무언의 애원으로 가득 차 있는 것 같았다.

 여자는 아기를 바라보면서 집중 치료실에서처럼 이제 그

렇게 흉할 정도는 아니라고 생각했다. 아기의 몸무게는 매일 2, 30g씩 늘어나 3주 차 말경에는 태어났을 때 몸무게의 두 배에 이르렀고 아기는 마사지도 받고 있었다. 때가 돼서 그녀가 아기를 건네받아, 원하는 만큼 얼마든지 함께 있을 수 있고 그녀를 통제할 사람이 아무도 없게 되는 상황은 여전히 상상할 수 없었다.

그녀는 이 병원과 의사, 간호사들에게도 이제 적응이 돼서 그들이 더 이상 그렇게 무섭고 잔인하게 여겨지지 않았다. 그녀는 여기를 집처럼 드나들었고 다과를 가져오기도 했으며 다른 산모들과 허물없이 얘기를 주고받기도 했다. 고등학생일 때 아기를 낳고 담배 냄새에 절어 있는, 그녀에게 거의 딸뻘인 아가씨가 그녀에게 말을 놓을 때는 10년은 더 젊어진 것 같기도 했다. 이 건물에는 지저분한 대도시의 일상이 침투하지 못할 것 같았다. 1층 복도에는 뚱뚱하고 도도한 회색 고양이들이 돌아다니고 있었고, 정오에는 산모들을 위해 가정식 못지않은 식사가 제공됐으며, 아기들의 몸무게가 2kg 남짓 될 때까지 아기들을 돌보고 키워줬다. 매일매일 이 모든 것이 반복되다가 이따금 경사스러운 날이 오기도 했다. 그런 날에는, 아기 엄마 한 명이 잘 차려입고서 남아 있는 다른 아기 엄마들을 위해 케이크를 가져오고, 자신의 아기에게 가장 예쁜 배냇저고리를 입히고, 조막만 한 얼굴이 겨우 보이도록 포대기 두 장으로 꽁꽁 싸매고는 모두가 지켜보는 가운데 아이를 데려갔다.

3

크리스마스이브[2]에 아기는 태어나서 처음으로 인큐베이터에서 침대로 옮겨졌다. 의사는 아기 엄마에게 아기를 안아볼 수 있도록 해주었다. 그녀는 발이라도 헛디뎌 아기를 떨어뜨리지 않을까 두려워하면서 아주 조심스럽게 안았다. 자그마한 몸뚱이는 무게가 거의 느껴지지 않았다. 그녀는 아기를 안고 조심스레 품으로 당기면서, 이제 아기와 떨어져 집으로 가는 것이 백배는 더 괴로울 거라는 생각이 들었다.

그녀는 저녁 내내 울었다. 얼마나 더 아들과 떨어져 있어야 하는 걸까. 맙소사, 앞으로 얼마나 더 이 고통을 겪어야 하는 걸까.

그녀 자신도 출산 후 몸이 충분히 회복되지 않아서 힘들었지만, 오전 수유를 위해 매일 아침 7시면 집을 나섰다.

아기가 건강하게 자라려면, 아기를 그 무서운 나락으로부

---

[2] 러시아에서 크리스마스는 1월 7일이다. (역주)

터 좀 더 멀리멀리 떨어져 나오게 하려면 반드시 모유를 먹여야 했다. 그녀는 이제 자기 몸을 위해 다시금 기도했다. 모유가 끊어지지 않게 해달라고, 처음 몇 달만이라도 충분할 수 있도록 해달라고. 그녀는 고통과 두려움, 근심 따위는 개의치 않았다. 조산아에게는 그 어떤 음식도 모유를 대신할 수 없었다. 그녀는 수분을 섭취하고 유축하고, 다시 물을 마시고 하는 과정을 두세 시간마다 반복하면서, 자신의 삶이 서서히 어떤 식물에 가까운 존재가 되는 한이 있더라도, 남아돌 정도로 모유를 짜낼 수 있었다. 모유에는 지방이 많았고, 아기에게 먹이는 모유 한 모금, 한 방울은 생명과도 같은 거였다. 아기가 침대에 누워 있는 지금은 모유를 더 이상 튜브로 주입하지 않고 젖병으로 먹였다. 아기가 잘 빨지 못하고 금방 지쳐 잠들어버리면 여자는 낙담했다. 그녀의 남편한테 아기를 보여줬던 그 예쁜 의사는 그녀의 불만에 퉁명스레 대꾸하곤 했다.

"어머니, 댁의 아드님은 황소 같아요. 잘 빨지 못하는 건 아직 때가 되지 않아서 그래요. 아기는 자기가 언제 뭘 해야 하는지 우리보다 더 잘 알고 있거든요."

의사의 말에 여자는 마음이 놓였다. 상황이 나빴다면 다른 방식으로 말했을 테니까.

제3부 137

행복한 날이 또 한 번 있었다. 처음으로 아기한테 젖을 직접 물리게 했을 때였다. 젖병이 샜기 때문에 바로 그 자리에서 해결해야 했는데, 그녀는 자기가 제대로 해낼 수 있을 거라는 특별한 기대도 하지 않았다. 그런데 아기 입을 가슴에 갖다 대자, 아기가 갑자기 눈을 뜨고는 새끼 새처럼 젖꼭지에 입질을 하다가 물고는 빨기 시작했다. 아기는 숨을 색색거리며 눈을 뜬 채 젖을 빨았다. 그녀는 모유가 빠져나가는 것을 느끼면서 아기가 지쳐서 포기하지 않기를 신에게 기도했다. 아기는 열심히, 아주 진중하게 계속 젖을 빨았다. 수유 후에 아기 몸무게를 재어보니 거의 40g은 증가한 것 같았다. 여자는 그날 어찌나 행복했던지, 그날이 자신이 잃어버린 모든 것에 대한 보상을 받은 날로 여겨졌다. 그녀에게 모성애는 불쑥 생긴 게 아니라 서서히 찾아들었다. 보통은 여자들이 한꺼번에 맞닥뜨리게 되는 일들을 하나하나 경험하며 기쁨을 만끽하고 있었다. 이런 기쁜 일들이 자주 있는 건 아니었지만, 신경과 의사가 아기를 진찰하고는 아무 이상 없다고 말했을 때, 칭찬에 인색한 마사지사가 칭찬해줬을 때, 야간 당직 간호사가 아기가 저녁에 잘 먹어서 하루 만에 몸무게가 딱 30g이 늘었다고 말했을 때 등 이렇게 뭐든 긍정적인 이야기를 듣거나 변화를 알게 될 때면 그녀는 복도를 걸을 때도 날

아갈 것만 같았고 있는 힘을 다해 참고 있던 아픔과 피곤 따위는 싹 잊어버렸다.

산부인과 병원의 의사 말이 맞았다. 낮이 길어지기 시작하자 아기는 더욱 잘 자랐고 1월 중순쯤에 2kg이 늘자 과장이 퇴원 얘기를 꺼내기 시작했다.

'아, 성모 마리아시여, 성모 마리아시여, 이 모든 것이 당신이 하신 일입니다. 당신은 여기에서도 아기를 버려두지 않으셨습니다. 제가 없을 때 당신이 임하십니다.'

여자는 나지막하게 감사 기도를 올렸다. 평생 그녀를 따라다닐 것 같았던 두려움도 사라졌고, 어느 날 아침 병원에서 불행한 일이 생겼다는 소리를 듣게 되지 않을까 걱정하는 일도 더 이상 없었다. 그녀는 자신이 아들을 낳았고, 그 누구도 아기를 뺏어가지 않을 것이며, 아기와 함께 살면서 먹이고 기저귀를 채우고 산책하고 목욕시키게 됐다는 것을 점차 믿게 되었다. 이제 이 모든 것을 하게 될 테고, 그토록 힘들었던 악몽 같은 시간들, 악몽 같은 날들은 그냥 지난 추억으로만 남겨질 것이다.

여자는 아주 오랫동안 결정하지 못했던 일을 하기로 했다. 아기한테 이름을 지어주는 일이었다. 그녀가 짓고 싶어 하는 이름과 남편이 원하는 이름이 달랐다. 서로 양보하지 않았고 경쟁심마저 생겼다.

  그녀는 본능적으로 이 순간을 무척 걱정했다. 지금까지 그녀는 남편이 아기를 자기 아들로 대할지 확신이 서지 않았다. 지난 한 달 동안 그녀는 자신이 모든 일을 도맡아 하는 것에 익숙해졌다. 게다가 그녀는 이 남자가 기저귀를 빨거나 바닥을 닦거나, 혹은 분유를 사러 가게에 가는 것은 상상도 할 수 없었다. 그는 떠받들듯이 자란 데다 자기중심적이고 집안일 따위는 무시해버리는 습성이 몸에 밴 사람이었기 때문이다. 하지만 그녀는 그를 완전히 배제할 수는 없어서 그와 함께 호적등록소에 갔다. 그들이 호적등록소에 마지막으로 갔던 것은 13년 전이었고, 거기를 방문한 것이 실수였는지 잘한 일이었는지는 아직도 판가름할 수 없었다. 젊게 차려입은 중년 여성이 출생증명서를 발급해줬다. 성과 이름 두 개가 합해져 아기의 존재가 법적으로 확정됐다. 이름은 아내가 지은 것으로 남편이 썩 마음에 들어 하지는 않았지만 반대하지도 않았고, 성은 남편 자신의 것이었다. 아기의 거주등록을 하고 지원금을 받는 일이 다른 사람들에게는 특별한 일이 아니지만 두 사람에게는 기적 같은 일로 여겨졌다. 그들은 다시 대기석에 앉아 있다가 접수실에서 등록을 하고 신청서를 작성한 다음 또 기다려야 했지만, 두 사람은 이 관료

주의적인 절차가 유난히 만족스러웠다. 아기가 그 시기에 그 체중으로 태어나지 않았다면 단순하고 아무런 위험도 없는, 그래서 보상받을 일도 없어 지루해하고 얼굴을 찌푸리고 있는 공무원들 중 그 누구도 볼 일이 없었을 테니 말이다. 그들에게 이 아이는 빈곤과 살인, 오염, 거짓, 세계의 종말에 관한 위협적인 예언 따위에도 불구하고 러시아에서 태어나는 수만 명의 아기 중 한 명일 뿐이었다.

4

 아기는 1월 중순에 병원에서 퇴원했다. 퇴원하기 전 며칠 동안 남자와 여자는 장을 보러 다니고, 집을 청소하고, 유모차, 침대, 욕조, 젖병, 유아복, 침구 등을 빠짐없이 구입했으며, 여자는 천기저귀를 만들었다. 하지만 퇴원일이 다가올수록 그녀는 마음이 더 불안해졌다. 아기를 제대로 돌볼 수 있을지 걱정스러웠고, 아직도 정리되지 않고 준비가 미흡한 듯하여 걱정스럽기만 했다. 직접 아기 옷을 갈아입히고, 먹이고, 씻길 수 있을지 자신이 없었다. 매일 병원에서 의사들이 아기를 보살피는 데 익숙해져 있었던 그녀는 이제 조용히 숨 쉬고 있는 이 연약한 존재와 일대일로 남겨진 것이다. 그녀에게 있어 아기의 생명은 임신 시기만큼이나 불가사의하고 신비한 것이었다. 임신 때 아기가 발길질을 하는지 어쩌는지 미친 듯이 귀 기울이고 있었다면, 마찬가지로 지금은 아기가 숨을 쉬는지 안 쉬는지 귀 기울이고 있었다.

 방이 따뜻하기는 했지만 아기한테는 추울지도 모르겠다는

생각이 들었다. 그녀는 아기 침대에 보온팩을 갖다 놓고 곁에 앉았다. 그러고는 아기 기저귀를 갈았다. 전에는 서툴렀지만 이제는 제법 능숙하게 해냈다. 때가 되어 아기에게 젖을 물리자 아기는 허겁지겁 빨아대더니 이내 잠들어버렸다. 아기 살갗에 얇은 지방층이 생겨서 그다지 무섭게 보이지 않았다. 그녀가 잘 돌봐서 뺨에 있던 솜털도 없어졌고, 너무 작다는 것만 빼고는 다른 갓난아기들과 다를 게 없었다.

친정어머니와 시어머니 전화를 받으면서도, 그녀는 뭔가 기계적으로 대꾸할 뿐 아기 침대에서 눈을 떼지 않았다. 침대 옆에는 기저귀 갈 때 쓰려고 그녀가 갖다 놓은 큰 탁자가 있었는데, 그 위에는 기저귀, 솜, 로션, 멸균 해바라기기름이 담긴 병 등 아기에게 필요한 모든 것이 있었다. 이 방은 그녀가 아기와 함께 살아야 하는 하나의 작은 세계였기 때문에, 좀 더 편안하고 아늑하고 안전한 곳으로 만들려 애썼다. 그래서 남편을 제외한 그 누구도 들어오지 못하게 했다. 그녀는 친정어머니와 시어머니도 손주를 보지 못하게 했다.

두 사람은 저녁에 아기를 목욕시켰다. 아기는 눈을 뜨고서, 고개를 숙이고 있는 부모를 하루 중 처음으로 보았다. 남자가 아기를 조심스레 잡고 있고, 여자가 씻겼다. 그녀는 아기가 감기라도 걸릴까 봐 걱정스러워 신경이 곤두서 있기는 했지만, 모든 것을 더할 나위 없이 잘 해냈다. 그들은 큼지막한 가제 수건으로 아기를 닦아주었는데, 여자는 몸을, 남자는 머리를 닦았다. 밝은 솜털이 나 있는 아기 머리는 만져보면 아직 말랑말랑하고 부드러웠다. 배가 고파서 엄마가 옷을 갈아입힐 때까지 도저히 참을 수가 없었던 아기는 칭얼거리기 시작했다. 가까이에서 느껴지는 엄마 가슴의 온기와 냄새가 아기를 정신없이 자극한 것이다. 엄마 가슴으로 허겁지겁 달려들던 아기는 젖을 놓치자마자 울음을 터뜨렸다. 깜짝 놀란 여자는 아기를 가슴으로 끌어당기며, 제대로 먹을 수 있도록 얼러보았지만, 아기는 그녀의 팔에서 자지러질 듯 바둥거렸다. 아기는 배앓이를 했고, 먹고 싶지만 그럴 수 없었기 때문에 울어대는 것이었다. 잠시 후 아기는 안정을 되찾고 엄마 젖을 물었다. 하지만 밤에 아기는 아파서 다시 깨어나 울기 시작했다. 그녀가 안아줘도 계속 울어댔다. 그때 남자가 아기를 자기 배에 올려놓자 통증이 금세 가라앉았는지 울음을 그쳤다. 다음 수유를 할 때까지 아기는 그렇게 아빠 배 위에서 곤히 잠들었다.

여자는 남편이 잠들어서 섣불리 몸을 뒤척일까 불안했지만 남자는 자지 않았다. 아기가 집에 왔던 처음 몇 시간 동안 그가 겪은 것은 그의 인생을 통틀어 가장 강렬한 충격이었다. 그는 단 한 번도 어머니든 아버지든 아내든, 그 누구든 간에 그토록 미친 듯이 본능적이면서도 동물적인 애정으로 사랑해본 적이 없었다.

이것은 사랑, 혹은 행복이라 지칭할 수도 없는 것이다. 그가 경험한 것은 사람들이 일반적으로 생각하는 개념 가운데 그 어느 것에도 해당되지 않는, 훨씬 깊고 강렬한 것이었다. 그는 자신이 경의를 표했던 모든 것, 수년 동안 자신에게 가르침을 줬다고 믿었던 모든 것을 벗어던졌고, 여자는 절도 있고 까탈스러운 자신의 남편이 퍽이나 진지한 표정으로 몰두해서 기저귀를 삶고, 꼼꼼하게 헹궈서 욕실과 주방에 너는가 하면, 날마다 방을 물걸레질하는 모습을 믿기지 않는 시선으로 바라보곤 했다. 그는 예전 같았으면 죽고 못 살았을 숲과 애독하던 신문을 내팽개치고 육아 서적만 읽어댔다. 여자는 그가 아기에 대한 모든 것에 있어서 자신이 그녀보다 더 많이 알고 있다고 여긴다는 사실을 불현듯 깨닫자 흠칫했다. 그는 아기에게 얼마큼 먹이고 어떻게 산책시키는지, 아기가 얼마나 잤는지, 배변 상태는 어떤지 등등으로 그녀를 닦달하고 귀찮게 했으며 뭔가 가르치려 들면서 그녀를 들볶거나 충고하곤 했다. 그런 정보들을 어디에서 입수하는 것인지, 책에서 읽은 건지 아니면 그 스스로 생각해 낸 건지는 그녀도 알 길이 없지만, 아이가 그녀 소관이 아닌 듯한 생각이 불현듯 떠올랐다. 전에는 의사들이 모든 것을 결정했다면 지금은 남편이 그렇게 했고, 그녀는 아기에게 젖을 주는 것이 유일한 보살핌인 유모일 뿐이었다.

그들은 싸울 거리가 없었기 때문에 다투지 않은 지 오래됐다. 각자 자기 삶이 있었고, 이러한 생활은 부딪칠 일이 없었다. 그런데 이제 이 집에 서서히 갈등이 생기기 시작했고, 침대에 누워 있는 아기는 이 갈등의 원인이 무엇인지 감지하지 못했다.

그래도 사내아이는 성장하는 중이었다. 아직은 또래 다른 아이에 비해 매우 작았지만, 몸무게가 늘고 키가 크는 속도는 정상적으로 태어난 아기들보다 훨씬 빨랐다. 자기와 한날한시에 태어난 또래들을 따라잡고, 그들과 동시에 기고, 일어서고, 걷고, 말문을 트기 위해 애쓰는 중이었다. 하지만 아기 몸의 이 필사적인 노력은 비싼 대가를 치러야 했다. 임신 말기 두 달 동안 미량 원소 결핍증을 앓았던 아기 몸에서는 다시 불행이 쌓이기 시작했다.

그들이 병원에서 돌아온 바로 다음 날 담당 여의사가 다녀갔다. 그다지 젊은 의사는 아니었고, 인생 내공이 제법 있어 보이는 의사였는데, 여자는 그 의사의 눈에서 두려워하는 기색을 역력히 읽어낼 수 있었다. 하지만 정작 여자는 아기 상태에 익숙해진 지 이미 오래됐고, 아기가 그다지 심하게 허약하지도 몹시 작지도 않다고 여기고 있었다. 아기가 한 달 전 인큐베이터에 있을 때 어땠는지, 그 이후로 얼마나 많이 변했는지 그녀는 기억하고 있었다. 하지만 의사는 걱정스레 아기를 만지면서 조심스럽게 포대기를 풀고는, 간 부위를 살짝 만져보기도 하고 폐 소리를 들어보기도 하더니, 담당 과장이 아기를 들여다봐야 할 것 같다고 얼버무리듯 중얼거리고는 가버렸다.

이후 담당 과장이 직접 왔는데, 키가 훤칠하고 근엄해 보이는 그 여의사는 집 안에서 몸놀림이 거침없고 자신감에 차 있었으며, 그녀가 하는 말까지도 믿음직하고 권위 있게 들렸다. 아기를 꼼꼼하게 간병할 것, 그 누구와도 접촉을 피할 것, 약간의 감기와 열, 중독성 등은 조산아들이 비교적 가볍게 지나갈 수 있는 건데 두 사람의 아기는 가장 힘든 증상을 보이는 것이라고 했다.

의사는 여자의 눈을 똑바로 보면서 이런 말들을 했는데, 마치 두 사람이 집에 구축해 놓은 아늑하고 조용한 세계를 무너트리며 최악의 상황에 대비하라고 이르는 것 같았다. 그녀는 밖은 겨울이고 모스크바에 무서운 독감과 디프테리아가 돌고 있는데 두 사람 모두 바이러스에 대한 대비를 하고 있지 않다, 아기 심장에 문제가 있고 간은 비대해지고 있으며 신체 조직이 제대로 적응하지 못하고 있는데 아마 적응하기가 굉장히 어려울 것이다, 많은 것이 두 사람에게 달려 있긴 하지만 전부 예측할 수는 없으며 아기로 인해 두 사람이 몹시 힘들어질 수 있다는 것을 명심해라, 둘 다 이를 잘 납득해야 한다, 자신은 두 사람을 놀래키려고 이러는 것이 아니라 있는 그대로 모든 것을 그냥 말해주는 것일 뿐이다.'라고 말했다.

어느 순간 여자는 이 말들을 듣고 있지 않았다. 그녀에게는 이 의학적인 위협의 십분의 일만으로도 충분했다. 그녀는 오로지 떠난다, 떠난다, 떠난다[3] 이 한 단어만 속으로 되뇌었을 뿐이다. '애야, 떠나지만 말아줘. 우리와 같이 있어 주기만 하면 돼.' 하고 여자는 아기를 끌어안으면서 간절히 빌었다.

그녀는 피곤함과 파편적으로 꾸는 꿈, 계속되는 긴장과 부담감으로 인해 진이 빠졌지만 잠들기 전과 깨어날 때 한 가지 기도만 했다. '성모님, 만약 당신이 저에게서 그 아이를 빼앗으려 하셨다면 그것을 바로 실행했어야 했습니다. 그때는

---

[3] '간병'(уход), 혹은 '관리'라는 단어와 '떠남(уход)', '출발'이라는 단어의 러시아어 철자가 같다. 의사가 앞에서 '간병'이라고 말했을 때 여자에게는 그 말이 '떠난다'는 뜻으로 들린 것이다. (역주)

저에게 기력이 남아 있었으니까요. 하지만 지금은 아이에게 무슨 일이 일어난다면 저는 더 이상 견딜 수 없습니다. 당신은 그때 아이를 나락에서 구해주셨으니, 아이가 거기로 다시 가지 않게 해주세요. 수호자여, 우리의 불행을 걷어가 주세요. 우리에게 죄가 있더라도, 우리가 법과 사랑 없이 살더라도, 아이에게 부모 죄에 대한 대가를 치르게 해서는 안 됩니다. 저는 필요한 만큼 더 고통을 감내하겠습니다. 그냥 저절로 되는 것은 아무것도 없다는 것도 알고 있습니다. 쌀쌀맞게 굴었던 것도 제 잘못입니다. 하지만 나쁜 일이 일어나지만 않게 해주시고, 아이가 잘못되지 않게 해주세요.'

그녀는 수유를 하고 나서 안락의자에서 바로 잠이 들 때도 있었는데, 기도를 다하지 못했다는 생각에 퍼뜩 깨어나서 다시 기도하고 울었다. 그녀는 기도만이 아기가 무사히 살아남아 하루하루를 살아갈 수 있게 할 거라 스스로 믿고 있었다. 언젠가 그 밤에 고비를 넘겼던 것처럼 겨울을 넘기고 봄까지 살아남을 수 있게 되면, 그때는 그 어떤 절망적인 일도 생기지 않을 거라고 여겼다. 하지만 그녀가 불행을 어느 만큼 몰아냈든, 기도를 얼마나 하고 회개를 했든 간에 불행은 찾아오고야 말았다.

5

 아침부터 소아병원 젊은 연구원이 와서 아기의 혈액 검사를 위해 피를 뽑아갔다. 그들이 산책하러 나갔다가 집에 돌아오자마자 초인종이 울렸다. 미처 옷을 다 벗기도 전에 소아병원 과장과 담당 의사가 다급하게 들어왔다. 그들은 자고 있는 아기의 배냇저고리를 벗기게 하더니, 간을 만져보고, 입 안과 눈을 들여다보았다.

 이 모든 것은 아무런 설명 없이 진행되었다. 이따금 '손을 어디에서 씻을 수 있어요?'라든가 '옷을 벗기세요.', '뒤집으세요.' 등과 같은 질문과 지시만 있을 뿐이었는데, 흡사 깡패나 조사관 같았다.

 깊이 잠들어 있던 아기가 깨서 울기 시작하자 여자는 얼른 아기를 안았고, 과장은 그녀를 보지도 않고 눈으로 남자를 찾더니 지난번보다 훨씬 더 모질게 말했다.

 "아기를 입원시켜야 합니다!"

 "병원에요? 무슨 그런!"

여자가 소리를 질렀다.

"아기를 잃고 싶으세요? 그러니까 아버님, 제 말을 잘 들어보세요. 두 분 아기의 혈액 검사 결과가 아주 안 좋아요, 아주. 헤모글로빈은 정상 수치보다 2배 정도 낮고, 망상 적혈구 수치는 4배나 높습니다. 얼굴에는 황달기도 있고요. 이건 전염성 간염이거나 용혈, 둘 중 하나예요. 어떤 것이 됐든 아기 생명에는 직접적인 위협이 되고요."

"하지만 아기 상태는 좋잖아요."

여자는 뜻을 정확하게 알 수 없는 무서운 단어들을 밀어내며 반박했다.

남자는 아무 말도 듣고 있지 않았다. 귀가 윙윙거렸고, 접수실 문틈으로 모질고 신랄한 말이 들려왔던 바로 그 저녁때보다도 훨씬 심한 무력감에 빠졌다.

"한시라도 빨리 입원해야 합니다. 그런 헤모글로빈 수치로는 살 수 없다니까요. 조직들이 손상되고, 뇌가 손상되고, 신체에 산소가 부족하게 되고, 그렇게 되면 돌이킬 수 없는 상태가 돼버린단 말입니다. 저를 믿으세요. 지금은 아기 상태가 좋아 보여도, 한 시간 후면 용혈이 발생하고 당신 품에서 죽게 될 거예요."

"병원에 또 가게 되면 못 견딜 것 같은데…."

여자가 맥없이 말했다.

"견뎌내야 해요."

의사가 단호하게 말했다.

"왜 이러는 거예요? 30주 만에 출산했는데, 쉽게 넘어갈 거라고 생각하신 거예요?"

의사는 비난하는 어조로 말했다. 여자가 과장의 독기 서린 눈을 고통스럽게 바라보자, 과장은 이 고통이 자신의 모짊을 무디게 만들기라도 한 것처럼 다소 누그러졌다.

"그렇게까지 절망할 건 없어요. 아기 간이 그렇게 많이 부어 있는 건 아니기 때문에 아직 직접적인 위험은 없어요."

과장은 전화기로 가서 모로좁스카야 병원에 전화를 걸더니, 누군가와 장시간 욕설을 퍼부어 가면서, 아기를 구할 수 있는 곳이 거기밖에 없다고 우겨댔다.

그들이 구급차를 기다리는 동안 아기는 더 이상 깨지 않았다. 포대기와 털목도리로 아기를 싸서 차에 탔다. 길이 막혀서 오랫동안 지체되기도 하면서 모스크바의 절반을 이동했다. 접수실의 젊은 당직 의사가 능숙하게 아기를 쑤욱 꺼내자 아기는 기지개를 켜며 하품을 하더니 칭얼대기 시작했다.

"보세요, 하품을 하네요. 탈 없이 건강하다는 거예요."

의사는 미소를 지었다.

여자는 그가 진심으로 말하는 건지 농담하는 건지 알 수 없었지만, 그가 미친 사람으로는 보이지 않았기 때문에 그나마 마음이 놓였다.

두 사람은 격리실로 안내되었고, 여자는 지정된 침대에 아기를 눕혔다. 앞으로 지내게 될 곳의 지저분한 벽과 천장, 깨진 타일, 답답한 공기 따위는 신경 쓰지 않았다. 중요한 것은 아무도 그녀와 아기를 떼어놓으려 하지 않는다는 것이었다. 그녀는 복도로 나가 남편과 작별 인사를 하면서, 한 달 반 전에 그랬던 것처럼 그를 안심시키고는, 병원에선 침구류조차 주지 않으니 필요한 물품들을 내일 갖다 달라고 말했다.

남자는 병원으로 올 때보다 훨씬 더 쌀쌀해진 밖으로 나와, 어둠 속에서 건물 사이를 지나 출구로 걸어갔다. 병원은 의외로 컸다. 가로등이 빛나는 평탄한 오솔길에는 때늦은 방문객들이 오갔다. 크고 작은 건물들, 새 건물과 낡은 건물 여기저기에 아픈 아이들이 누워 있었다. 이 아이들을 생각하자 남자는 특별한 연민과 슬픔이 느껴졌다. 그는 이 순간 그 아이들 한 명 한 명을 위로하고, 안심시키고, 그들의 고통을 자기가 가져가고 싶었다. 불이 밝혀진 창문 너머 어디선가 아이들의 머리가 어른거리자 그는 오랫동안 서서 바라보았다. 서둘러 집에 가고 싶지 않았다.

빈 아파트와 비어 있는 아기 침대, 목욕통, 젖병, 젖꼭지 그리고 기저귀 따위를 떠올리는 것만으로도 암울했다. 그에게 세상에서 제일 값지게 여겨졌던 것들이 이제는 참을 수 없이 암담하게 느껴졌다. 전에는 집에 혼자 있는 것이 좋았지만, 지금은 이런 고독이 끔찍하게 여겨졌다. 개만 아니었다면 절대 집으로 돌아가지 않고 어머니나 누이한테 갔을 것이다. 그는 그 두 사람에게 잘 가지 않았는데, 누구에게 가더라도 그의 화를 돋우곤 했기 때문이다. 아마 그들은 그의 이기적인 기질에 질렸을 것이다. 성깔과 이기심, 욕심과 고집 그리고 서로에 대한 편협함 따위는 진정으로 소중한 것이 무엇인지 모를 때나 생기는 것이다. 사람들은 불행을 깨닫기 전까지는 아이들의 건강이나 생명과 같은 진정으로 가치 있는 것을 보지 못한다. 그는 아기가 건강해지기만 하면 잊고 지냈던 그 두 혈육을 곧장 찾아가 밤새 차를 마시면서 가정 문제, 아이들, 집안일 그리고 앞으로 오래도록 그의 삶을 차지할 뭔가 단순하면서도 소박한 것들에 대해 얘기하겠다고 다짐했다.

가랑눈이 내리면서 지상에 있는 모든 자국을 뒤덮었다. 그는 이미 길을 완전히 잃어서 자기가 어디에 있는지 알 수 없었지만 딱히 물어볼 사람도 없었다. 그는 아무 생각 없이 그냥 무턱대고 걷고 또 걷다가 뜻밖에 나지막한 건물과 맞닥뜨렸는데, 희미하게 빛나는 간판에는 '부검실'이라고 적혀 있었다.

구역질이 목구멍까지 차올랐다. 발가벗긴 싸늘한 몸뚱이를 떠올리자 그의 생각과 끈덕지게 따라붙는 장면들이 계속 이어지는 속에 그의 아들이 아른거리는 것이 두려워 그는 무작정 뛰었다. 울타리에 난 틈을 통해 운동장 근처의 어느 거리로 나와서는 후미진 구역과 골목들을 지나갔다. 여긴 주택가가 아니었고 거대한 건물들이 그를 사방에서 둘러싸고 있었다. 전찻길이 나타나기 전까지 그는 방향 감각을 완전히 잃고 있었다. 참회하고 있던 마음이 이 섬뜩한 장면으로 인해 싹 씻겨 나갔다.

그는 아침이 다 되도록 잠을 이루지 못했다. 방에 들어가 비어있는 아기 자리를 보는 것이 두려워, 기저귀를 널어놓은 부엌의 빨랫줄 아래 앉아 담배를 피우면서 또다시 괴롭게 기다리고 있었다. 그러다 그 자리에 앉은 채로 탁자에 고개를 떨구고 잠이 들었다가 전화벨 소리에 잠에서 깼는데, 나지막하면서 무뚝뚝하고 목쉰 소리가 들려서 상대가 아내인 줄 얼른 알아채지 못했다.

"상태가 좋지 않아. 많이 나쁘대. 빨리 와!"

제시간에 도착하지 못할 게 뻔했다. 그는 아기 옷과 아내 물건이 가득 들어 있는 트렁크를 끌며 지하철까지 뛰어갔다. 그가 보기에 이 트렁크는 이제 더 이상 아무 쓸모없을 것 같기도 했다. 의사들이 '나쁘다'고 말할 때는 실제 상황이 훨씬 더 나쁘다는 뜻이니까.

지하철 객차 안은 트렁크와 유모차, 카트를 끌고 탄 사람들로 초만원이었다. 그들은 루즈니키 벼룩시장에 물건 팔러 가는 사람들이었는데, 객차 전체가 온통 그 사람들 천지였다. 열차 굉음에다 보따리상들과 일반 승객들의 욕설이 난무하는 이 북새통 속에서 커다란 트렁크를 갖고 있던 그 역시 장사꾼으로 보였을 것이다. 그는 전에 간과했던 어떤 한 가지가 불현듯 떠올랐다. 그는 단순히 아이가 필요한 것이 아니라는 생각이 들었다. 그저 대를 잇거나 야망을 채우기 위한 아들이 아니라 바로 이 아이, 한 달 반 동안 그가 사랑했던 바로 이 아이가 필요한 것이다. 이 아이에게 무슨 일이 생기든, 앞으로 어떤 미래가 이 아이를 기다리고 있든, 이 아이가 아프든 건강하든, 이 아이는 그의 아들이며, 그는 앞으로 그 누구도 이 아이만큼 사랑하지는 않을 것이다.

환승역에서 보따리상들이 내리면서 그는 객차 밖으로 떠밀렸고, 사람들은 떼를 지어 플랫폼을 따라 걸어갔다. 그는 사람들을 비집고 되돌아가려 했지만, 사람들은 그를 잡고 밀치면서 뭔가 소리를 질러대기도 했다. 그의 트렁크가 사람들한테 거치적거렸지만, 그는 어떻게든 객차에 타야만 했다. 제 시간에 도착하지 못해서 지난번처럼 자기가 없는 동안 모든 일이 일어날까 봐 무척이나 걱정스러웠다. 그는 다음 정거장에서 간신히 출구로 나가, 어마어마한 지하도와 널찍한 큰길을 지나, 줄줄이 늘어서서 신문, 달력, 서적, 포르노 전단지, 깜찍한 고양이 사진 따위를 팔고 있는 장사꾼들 사이를 지나서, 환전소 대기줄과 고급 상점들, 외교관 건물들, 외교 차량들을 지나, 행인들을 밀쳐가며 병원으로 향했다. 병원이 가까워질수록 그는 점점 더 겁에 질렸는데, 마치 야유를 보내는 군중들이 모여 있는 교수대로 처형당하러 끌려가기라도 하는 것 같았다.

  담배가 몹시 당기기는 했지만, 담배를 물고 불을 붙이느라 단 일초라도 지체할까 봐 얼어붙은 미끄러운 길을 따라 2층짜리 낡은 건물을 향해 거의 뛰어가다시피 했다. 이 건물 왼쪽 날개동 1층에 소아과가 있었다. 그는 어떤 당직 간호사의 비보 같은 설명과 설득에 시간을 잃지나 않을까 걱정했지만, 그가 점퍼를 팔에 걸치고 복도를 따라 걸어길 때 아무도 그를 제지하지 않았다. 병원은 요란하게 웃는 젊은 실습생들로 가득 차 있었고, 그들 사이에서 그는 이내 눈에 띄지 않게 되었다. 긴 복도 양쪽에는 유리로 된 격리실이 있었고, 문마다 아기의 성, 나이, 병명, 체온 등이 적힌 명찰이 걸려 있었다. 학생들은 그것들을 두툼한 공책에 열심히 옮겨 적고 있었는데, 그는 이 북새통 속에서 자기 아이가 있는 곳을 찾을 수가 없었다. 그는 너무나 긴장하고 있던 탓에 신체 감각도 없어져서, 마치 자기 발로 걷는 것이 아니라 무엇인가에 의해 옮겨지는 것만 같았다. 마침내 그가 찾던 문에서 잠시 멈췄다가, 소리 나지 않게 문을 열고 후덥지근한 방으로 들어갔다. 아내는 문을 등지고 의자에 앉아 있었고, 아기 침대는 비어 있었다.

6

"애는 어디 있어?"

남자는 간신히 입을 떼며 물었다.

"골수 천자라는 걸 하러 갔어."

"왜?"

"모르겠어."

그를 돌아보지도 않고 젖을 짜며 대꾸하는 그녀의 말투가 그에게는 차갑게 느껴졌다.

"의사들은 뭐라고 해?"

"아무 말도 없었어."

"하지만 어제는…."

남자가 반박했다.

"어제 일은 알 게 뭐야."

그녀는 몸을 돌려 메마르고 신경질적인 눈길로 쳐다보았다.

"아침부터 아기 혈관에서 피를 얼마나 많이 뽑던지, 몸이 온통 시퍼렇고 차가웠어. 겨우 살아 있었다고. 그러더니 이젠 또 골수를… 어떻게 그럴 수 있는지 모르겠어."

젖병으로 젖이 흘러내렸다. 그녀가 젖을 짜 봤자 소용없는 짓일 거라는 생각이 들었다. 괴로워하든 기도를 하든 뭘 해도 모든 게 다 쓸데없는 짓일지도 모른다. 그가 아빠가 될 팔자가 아니라면 아무리 고군분투해도 손 쓸 도리가 없으니 모든 게 헛짓인 것이다. 그는 침대에 앉아 머리를 부여잡고서 잠시 꿈쩍도 하지 않았다. 두 손으로 머리를 감싼 채 한동안 움직이지 않았다. 골수 천자, 채혈… 그는 일반적인 혈액 검사를 위해 손가락 끝에서 피를 뽑았을 때도 기분이 나빴는데, 혈관에서 피를 뽑은 적은 한 번도 없었다.

"그런데 아기가 하품은 하잖아?"

그는 멍하니 물어보며 고개를 들었다.

"지금 그게 무슨 상관이야?"

여자는 울음을 터뜨렸다.

"뭐가 뭔지 도대체 모르겠어. 아침부터 다섯 명이 미친 사람처럼 뛰어 들어와 애를 들여다보더니, 나한테는 아무 말도 없이 자기들끼리 무슨 말을 하더라고. 병원에 좀 더 일찍 왔어야 했는데, 지금은 이미 늦었을지도 모른다는 말만 하면서 말이야."

"애 상태가 어떤 건데?"

"그 사람들한테 물어봐! 나쁘다는 말밖에는 안 한다니까."

"여긴 너무 후덥지근하네."

남자가 웃깃을 풀며 말했다.

"애가 없는 동안 환기 좀 하자."

복도에는 화려한 가운을 입은 산모, 간호사, 의사, 대학생들이 지나다녔다.

"뭐, 얼마나 걸리겠어?"

문 두드리는 소리가 들려 그들은 둘 다 움찔했다. 들어온 사람은 안경을 쓴 젊은이였다.

"두 분의 병력에 대해 좀 여쭤보려고요."

"아니요, 우린 아무 데도 아프지 않아요."

여자가 딱 잘라 말했다.

잠시 후 애를 데리고 왔다. 여자는 아기에게 젖을 먹이고 기저귀를 갈고서 침대에 눕혔고, 두 사람은 또다시 누군가 애한테 와서 뭔가를 하기 시작할 거라 생각했지만 아무도 오지 않았다. 마치 그들을 잊어버린 것 같았다. 2시쯤 복도는 텅 비어 있었고, 피를 많이 빼서 진이 다 빠진 아기는 자는 것 같기도 하고, 혼수상태로 누워 있는 것 같기도 했다.

"뭘 먹어야 되는데, 당신은 어떻게 할래?"

여자의 말에 남자는 그러고 싶기는 했지만, 이런 상황에서 뭘 먹는다는 것은 말이 되지 않는 것 같아서 고개를 저었다.

"나도 먹고 싶지는 않은데, 젖이 나오게 하려면 먹어야 돼."

"담당 의사 이름이 뭐지?"

남자가 침대에서 일어나며 물었다.

"스베틀라나였던 것 같아. 스베틀라나 바실리예브나."

그는 복도에서 그녀의 자리를 찾았다. 그녀는 책상에 앉아 병력을 작성하고 있었는데, 키가 작고 초췌해 보였다. 남자가 세미나에 참석하거나 강연을 하거나, 혹은 시험을 치를 때 볼 수 있는 학생들 가운데 한 명처럼 보였다.

"무슨 일이죠?"

그녀가 퉁명스럽게 물었다.

"아내분께 다 설명했어요. 상태가 아주 심각하지만, 아직은 구체적으로 말씀드릴 수 있는 게 아무것도 없다고요."

"하지만 아무 조치도 취하고 있지 않잖아요! 상태가 위중하다고 말하면서 아무 치료도 하지 않다니요."

그가 따져 물었다.

"이보세요, 댁은 직업이 뭐예요? 의사예요?"

"아닙니다."

"그럼 내가 할 일을 나한테 지시하지 마세요."

그녀는 고개를 숙이고 다시 쓰기 시작했다.

"스베틀라나 바실리예브나!"

"베니아미노브나입니다."

그녀가 정정했다.

"아기가 살 수는 있는 건가요?"

그녀는 어깨를 으쓱했다.

"알 수 없죠. 이제 막 분석에 들어갔으니까요. 지금 분석 중이고, 며칠 걸릴 겁니다. 뭔가 확실한 게 나와야 치료를 시작할 수 있어요. 어떤 용혈성 빈혈의 변종일 가능성이 커요. 그런 경우 완치되는 아기도 있고 그렇지 못한 아기도 있어요. 낫는다 해도 완전히는 아니고요. 병원에서 치료받고, 증상 완화되면 집에서 몇 달 지내고, 그러다 다시 병원에 오고, 뭐 이런 과정인 거죠."

"평생을 그런 식으로요?"

그는 떨리는 목소리로 물었다.

"가끔은 운 좋게 호전되기도 하죠."

그는 담뱃불을 붙이고 현관으로 나갔다. 몇 시간 사이에 날씨가 변해 있었다. 남서풍이 불고, 지붕에서는 물방울이 떨어지고, 건물과 헐벗은 나무, 오솔길 위쪽으로는 안개가 걷혀 있었다. 눅눅하고 불쾌한 날씨였고, 그가 있는 곳에서 몇 걸음 떨어진 곳에서는 진하게 화장한 여대생들이 서서 고급 담배를 피우고 있었다. 스베틀라나 베니아미노브나는 그와 여학생들한테 눈길도 주지 않고 지나갔다. 젖은 아스팔트를 따라 구두 소리가 들렸다. 까마귀들이 울었고, 어디선가 멀리서 자동차 경적이 들렸다.

'아픈 아기다, 내 아기는 아픈 아기다.' 그는 이런 생각을 스스로에게 반복해서 되뇌었다. 아기는 심각한 불치의 혈액병에 걸린 거다. 이건 혈액이니, 신장, 간장, 심장, 폐보다 더 안 좋은 것이다. 살아남는다 해도 건강한 사람들에게는 일상적인 수백 가지 기쁨을 잃어버릴 것이다. 몇 달은 집에, 몇 달은 병원에 있어야 하는 끔찍한 일정에 얽매어 있을 아이한테 필요한 사람은 엄마, 아빠뿐일 것이다.

담배가 다 타자 그는 또 한 대를 꺼내 불을 붙였다. '그래도 아무것도 없는 것보다 이게 더 낫다. 어떤 것이든 있는 게 없는 것보다 나으니까. 그리고 그렇게 살다가 좋은 일이 생길 수도 있을 것이다. 우리가 무엇이라도 할 수만 있다면 말이다.'

그는 여학생들을 못마땅한 시선으로 보았다. 의사들, 히포크라테스 선언, 흡연자, 화장한 여자애들, 시시덕거림, 폭소, 그런데 옆에는 죽어가는 아이들이 있다. '주여, 주여, 아이가 살아남게만 해주소서.'

7

 그는 매일 아침 9시경 병원에 오면서 아내에게 줄 수프가 담긴 보온병, 요리가 담긴 보온병 그리고 젖이 잘 나오게 해준다는 과일차가 담긴 보온병을 넣은 가방 두 개를 가지고 왔다. 그는 늦은 밤, 당직 간호사들이 쫓아낼 때까지 격리실에 앉아 있곤 했다. 남자는 아내를 잠시 쉬게 해주려고 아기 침대 곁에 앉아서, 이따금 아기를 안아보기도 하고, 때로는 독서를 하는가 하면, 차를 끓이거나 격리실 바닥을 닦고 빨래도 했다. 아주 드물게 담배 피기 위해 밖에 나갈 때도 있었다. 밖은 지붕에서 물방울이 떨어지고 안개가 끼어 있을 때도 있었고, 바람이 불면서 눈이 쏟아질 때도 있었으며, 혹한이 닥치고 한겨울 태양이 꿈지럭대면서 나무 꼭대기 위에서 멍하니 미끄러져 내리기도 했다.
 그는 마치 교대 없는 경비처럼 아내와 아이 곁에 있었다. 여자는 그러는 그를 바라보면서 내심 놀라고 있었다. 이 냉정하고 무심한 사람은 자기밖에 모르고 다른 사람이 챙겨주는 것에 익숙한 데다 자기 엄마가 오냐오냐 키운 유약한 사람이었다. 사람이 변했거나 다른 사람이 된 건 아니겠지만, 이렇게 병원에 올 일이 없었으면 절대 알아채지 못했을, 그의 내면에 깊숙이 감춰져 있던 무언가가 드러났음이 분명했다.

처음에는 어떤 검사들을 하고, 다음에는 다른 검사들을 하고, 이후에는 이런 검사들이 되풀이되곤 했으며, 두 사람은 검사 결과를 기다리는 것이 일이었다. 날마다 보라색 눈동자의 간호사가 아침부터 와서는 말없이 아기를 검사실로 데려갔다. 간호사가 그 안에서 뭘 하는지 들리지도 않고 알 수도 없지만, 아이는 매번 싸늘하고 시퍼런 모습으로 축 늘어져서 돌아오곤 했다. 두 사람은 워낙 지쳐 있었던 데다가 자기들이 도와줄 수 있는 게 아무것도 없고, 참견을 할 수도 자기들 피를 줄 수도 없다는 사실 때문에 미쳐버릴 것 같았다. 여자는 간호사 손에서 아이를 낚아채, 포대기에 싸서 집으로 데려가, 문도 열어주지 않고, 전화도 받지 않고 싶은 것을 간신히 참고 있었다.

어느 날 격리실에서 바로 손가락 채혈을 했다. 작은 시험관 12개를 채워야 했는데, 아이가 처음에는 잘 참고 울지도 않았지만, 나중에 좀 더 세게 눌러 피를 짜내자 애처롭게 울기 시작했다. 병원에서 그들에게 입버릇처럼 하는 말은 아기는 절대 큰애들이 느끼는 것과 같은 고통을 느끼지 않으며 고통을 인지하지도 못하고 고통 때문에 괴로워하지도 않는다는 것이었지만, 여자가 보기에는 아이가 그녀더러 자신을 지켜달라고 애원하는 것이 분명했다. 새 시험관에 채혈을 시작할 때마다 아이는 더 필사적으로 크게 울었고, 남자는 불안해서 어쩔 줄 몰라 하는데, 간호사는 고개도 들지 않은 채로 쏘아붙였다.

"못 보겠으면 복도로 나가 계세요! 저는 뭐 좋아서 이러고 있는 줄 아세요?"

일주일이 지나도 명확해진 것은 아무것도 없었다. 헤모글로빈 수치는 떨어지지도 올라가지도 않았고 황달기는 줄어들지도 늘어나지도 않았다. 병의 원인이 드러나지 않았기 때문에 아이한테 어떤 처방도 할 수가 없었다. 두 사람은 병원에 살다시피 했고, 병원 사람들이 날마다 아침부터 아이를 들여다보고, 간과 비장을 만져보기도 하고, 커다란 연구실에 몇 번 데려가기도 했다. 이 연구실에서는 세심하고 친절한 교수가 아기를 진료하고, 학생들에게 뭔가 설명하기도 했으며, 남자와 여자가 그 옆에 서 있으면, 교수는 그들에게 유전성 질병이 있는지 물어보기도 했다.

그들은 이제 여기가 익숙해졌고, 소아 중환자를 진료하는 당직 의사가 밤마다 오던 것도 그쳤다. 하지만 매번 여전했던 것은 남자가 동틀 무렵, 멀리 떨어진 모퉁이에 있는 눈에 띄지 않는 건물을 떠올리지 않으려고 애쓰면서 오솔길을 따라 병동에 갈 때, 밤새 뭔가 일이 발생해서, 가보니 침대가 비어있을지도 모른다는 두려움이 그를 사로잡는 것에는 속수무책이라는 점이었다.

"당신은 내가 싫지?"

어느 날 여자가 그에게 물었다.

"왜?"

"다 내 잘못이잖아."

그는 아무 대꾸도 하지 않은 채 힘없이 손사래만 쳤다. 그들에게 일어난 모든 일이 누구 잘못인지, 그리고 그게 누군가의 잘못이기는 한 건지 따위는 이제 더 이상 그의 관심사가 아니었다. 그는 자고 있는 아기의 작고 노란 얼굴을 바라보며, 아주 사소한 것 하나까지 파악해서 기억하려 애쓰는 것 같았다.

스베틀라나 베니아미노브나가 이제는 그들에게 그다지 차갑게 대하거나 도도하게 굴지 않아서, 여자는 그녀를 자주 찾아갔다. 비록 그녀가 해줄 수 있는 건 없었지만, 두 사람은 그녀가 편해져서 위로나 응원이 필요할 때 그녀를 기다리곤 했다.

"검사 결과가 너무 이상해요. 항상 경계 수치거든요. 그런데 원인이 뭔지, 어떤 것과 관련이 있는 건지 아무도 몰라요. 좀 더 지켜보면서 차도를 관찰하고, 기다리는 수밖에 없겠어요. 헤모글로빈 수치가 낮을 때 실행하는 수혈이나 농축 적혈구 주입은 할 수가 없어요. 왜냐하면 그럴 경우 자칫 잘못하면 병의 진짜 원인을 밝힐 수 없게 되거든요."

검사는 몇 주 동안 계속됐다. 남자는 다른 병원과 연구소에 채혈관을 갖다 준 적도 서너 번 있었는데, 혼잡한 곳에서 사람들이 그를 밀어 채혈관이 떨어지거나 깨지면 아이한테서 다시 채혈을 해야 한다는 생각 때문에 몸이 굳어버릴 지경이었다. 벌써 채혈을 얼마나 많이 했는데… 때로는 이런 모든 검사들이 아이를 위한 게 아니라, 희귀 질병 사례를 학생들에게 보여주거나, 학문적 연구를 위한 자료를 수집하는 등 자기들의 호기심을 채우기 위해서가 아닐까 하는 의심이 들기도 했다.

점차 그는 조혈 과정, 생화학적 혈액 검사, 직간접 빌리루빈 수치, 적혈구 크기, 호중구와 혈소판 수 등 복잡한 것들을 직접 파고들기 시작했다. 스베틀라나 베니아미노브나는 이 모든 것에 대해 수험생이 시험 준비를 하는 것처럼 열심히 그에게 말해주었다. 그녀의 열정적이고 명료한 설명을 들으면서 그는 여러 생각이 들었다. 그녀는 분명 좋은 의사가 되긴 하겠지만, 그에게는 고통스러운 일을 그녀가 흥미진진하게 여기는 것을 보자니, 그녀가 병적으로 여겨지면서 어떤 거부감마저 들었다.

그들은 좋은 소식이든 나쁜 소식이든 계속 기다리고 있으면서도 아픈 원인을 알 수 없었기 때문에 괴로웠다. 빨리 아기의 아픈 이유가 명확히 밝혀져서 이 고통이 끝나기만을 바랄 뿐이었다.

그러던 어느 날, 의사들이 퇴근하고 없는 땅거미 질 무렵, 두 사람은 더 이상 기다릴 소식도 없었기 때문에 차분하게 앉아서 차를 마시고 있었다. 여자는 하나밖에 없는 의자에, 남자는 욕조 가장자리에 앉아 있었는데, 간호사가 격리실 문을 열어젖히며 뛰어 들어왔다.

"방금 실험실에서 전화가 왔어요. 생화학적 검사 결과가 아주 나쁘게 나왔대요. 의사 선생님께는 제가 연락했어요."

'이제 끝이군.'

남자는 이런 생각을 하면서, 자고 있는 아이를 겁에 질린 눈으로 보았다. 지금은 그 애를 안아볼 엄두도 나지 않았다.

간호사가 나가고, 그들은 어둠 속에 남아 있었다.

"우리, 애를 여기서 데리고 나갈 수 있지 않을까?"

여자가 불쑥 말했다.

"어떻게 한다고?"

남자는 알아듣지 못했다.

"난 저 사람들 못 믿겠어. 애를 괴롭히기만 하잖아. 무슨 일이 생기게 되면 차라리 집이 더 낫지."

스베틀라나가 들어와서 그는 미처 대답하지 못했다. 그녀는 꽤나 잘 차려입었지만, 높이 올린 헤어스타일은 갸름한 그녀의 얼굴에 전혀 어울리지 않은 데다, 뭔가 굉장히 촌스러움을 더하고 있었다. 하지만 남자는 그녀를 마치 요정 보듯 간절하게 바라보았다.

그녀는 서두르지 않았다. 손을 씻고서 아기 배냇저고리를 벗기고 살펴보더니, 이상하다는 듯 어깨를 움츠렸다.

"상태가 어떤 거죠?"

그는 한숨을 내쉬었다.

"모르겠어요. 보기에는 변한 게 아무것도 없거든요. 검사를 언제 했죠?"

"그저께요."

"그럴 리가 없어요."

그녀가 차분하게 말했다.

"그런 분석 결과는 죽은 지 만 하루가 지난 아이한테만 나올 수 있거든요."

등골이 서늘해졌다.

"착오예요. 혈액 채취를 그저께 하고는 분석을 오늘 한 거예요. 혈액은 이틀이면 그냥 산화되거든요."

"아, 하느님 맙소사!"

"별일 아니니 안심해요."

그녀는 의사가 아닌 것처럼 전혀 딱딱하지 않게 그들을 바라보며 우울하게 말했다.

"그런데 제가 다른 데로 가게 됐어요."

"어디로요?"

"아직은 몰라요. 뭐, 지역 병원으로 가겠죠. 방문 치료, 예방 접종, 감기 치료, 처방… 이런 제 일이 끝났거든요."

"무슨 말씀이세요, 우리한테는 선생님이 꼭 계셔야 하는데."

그는 어떻게 말해야 할지 몰라 머뭇거리며 말했다.

"이제 과장님이 담당하시게 될 거예요. 그분은 경험이 아주 많은 분이시기는 하지만, 두 분께 한 가지는 말씀드리고 싶은 게 있어요. 제가 최근 며칠 동안 서적들을 엄청 많이 들여다봤는데요, 아무래도 우리가 이번에 너무 깊이 파헤친 게 아닌가 싶어요. 가능한 모든 진단을 먼저 내리고 나서 제외시켜 나가는 게 원칙이긴 하지만요."

그녀는 여자를 보며 말했다.

"좀 이해해주세요. 우리도 편하지는 않답니다. 알다시피, 진단한 게 확인되지 않으면 의사들도 얼마나 좋아하는데요. 그래서 말인데, 제 생각에 두 분 아이는 조산으로 인해 골수가 덜 생성되고 신생아 황달이 장기화되는 것 같아요. 그러니 시간이 지나면 저절로 없어질 거예요."

"떠나면서 안심시키려고 그렇게 말하는 거 아니에요?"

"그런 것만은 아니에요. 물론 아직 검사 결과가 다 나오지 않아서 감염 가능성을 완전히 배제할 수는 없지만, 제 생각으로는 별일 없을 것 같아요."

그러나 남자는 이 젊은 여자의 말을 믿고 있을 수만은 없었다. 절망적이었다가 희망을 갖게 만드는 이런 말을 들으면 바보가 돼버리는 것 같아 무기력해지기만 할 뿐이다. 그가 격리실로 돌아와 보니, 아내는 아기 기저귀를 채우고 있었고, 욕조에선 물이 흐르고 있었다. 어둠이 깃드는 탁자 위와 바닥에 바퀴벌레가 나타났다. 전국 최고의 병원인데도 불결함, 도난, 뒤죽박죽, 나쁜 짓… 여전히 다 똑같다. 폭동, 혁명, 개혁, 페레스트로이카, 독재 체제들이 일어나도 다 똑같은 것처럼 말이다. 훌륭하고 똑똑한 여자는 지역 병원에 처박아 놓고, 대신 얼간이를 데려다 놓겠지. 그는 이 나라에서 태어나 지금껏 살아왔고, 앞으로도 살게 될 것이다. 살 수만 있게 된다면 그의 아들 역시 그렇겠지만. 대체 누가 이런 삶을 원한단 말인가? 우린 그저 뒤처져 있는 거야, 라고 그는 생각했다. 이미 엄마 배 속에 있을 때부터 질병이 있는 조산아들이 태어나고 있고, 다들 빈혈과 용혈, 구루병 등 신체적 질병 아니면, 정신적 질병에 노출되어 있다. 이는 우리의 운명이자 숙명인데, 자존감이 있는 사람이라면 그 누구도 자기 아이를 그런 상황에 처하게 하거나, 임산부를 세 시간이나 구급차를 기다리게 만들지는 않을 것이다. 그 어떤 정부도 그렇게 되도록 내버려 두지는 않을 것이다.

그런데도 우리는 이런 상황에 고분고분 순순히 따르면서, 다들 겁먹고 있거나 혹은 다른 사람을 겁박하거나 하고, 타인을 사랑하기는커녕 기본적인 존중도 하고 있지 않다. 의사들에게 나는 보잘것없고 쓸모없는 존재다. 그들은 내 아이를 보러 격리실에 들어와서도 나를 똑바로 보지 않고, 내가 고통스러울 거라 여기지도 않는다. 심지어 스베틀라나도 우리한테 감동받은 이후에나 우리를 인간적으로 대했으며, 그것도 그나마 아직은 그녀의 가슴이 차가워지지 않았기 때문이다.

우리의 일상생활은 끔찍하다. 특히 뭔가가 우리한테 심한 상처를 입히고 있는데도, 우리가 이를 눈치채지 못하고 과거나 미래에만 정신이 팔려 있다거나, 위대한 러시아에 대해서 혹은 자유와 민주주의의 이념에 대해서 떠들어댄다거나, 주절거릴 수 있는 거라면 뭐든 주절거리기나 하고, 자신의 장광설, 특별한 선택받음과 정신적인 것 등에 심취하기도 하는데, 우리가 이렇게 말도 안 되는 것들을 지껄이는 바람에 아이들은 허름한 병원과 악취, 아둔함 그리고 무례함을 겪게 된 것이다. 러시아 여자들이 아이를 낳기 위해 선택할 수 있는 남자들은 보잘것없는 러시아 남자들, 돈 못 버는 지식인들뿐이다. 러시아 여자들과 결혼해줄 신흥 부자들이나 감상적인 외국인 남자들은 주변에 많지 않다. 난 여기를 떠나 아내와 아이를 데려가야 한다. 내가 어느 나라로 떠나든, 마지막 이주자가 되는 곳이라 해도, 지금 여기에서보다 훨씬 더 무시당하고 빈털터리가 된다 해도, 이 일이 지나고 나면 난 더 이상 여기에 남아 있을 수 없을 것이다. 내가 있는 자리에서 사람들이 러시아를 욕하거나 러시아를 겁 대가리 없는 천치라고 부를 때면, 난 여기가 내 나라고, 다시없을 내 조국이라고 언제나 자랑스럽게 말하곤 했다. 우리가 구차하게 노예처럼 살고 있는 것은 우리의 운명이자 평등과 정의에 홀렸던 세대가 저지른 잘못에 대한 대가이다. 그래서 나는 이 빚을 갚을 준비가 되어 있었지만, 그건 나한테 아이가 없을 때 얘기다. 아이는 결백하며, 아이가 내 잘못의 대가를 치를 의무는 없다. 아이라도 사람답게 성장할 수 있게 하자.

그는 자신이 혼잣말을 하기 시작했다는 사실도 몰랐는데, 깜박 잠이 들었던 그의 아내가 깨어나 걱정스럽게 물었다.

"당신 누구랑 얘기하고 있는 거야? 여기에 누가 있어?"

"아니야, 자! 아무도 없어."

그는 속삭이듯 대답하고 침대에 앉았다.

그녀는 다시 잠들었고, 그는 지치고 힘들어 보이는 그녀의 얼굴을 부드러우면서도 미안함이 담긴 표정으로 바라보았다. 그녀가 격리실에서 나가지 않은 지도 오래되었는데, 더 나이 들고 여위어 보였다. 그녀는 그에게 뭘까? 가족일까, 남일까? 그는 불현듯, 그녀가 그의 아이를 키우고, 끝까지 함께하고 있다는 사실에 뭔가 고맙다는 생각이 들었다.

8

 그러니까, 간염이라고 한다. 병원에 바이러스가 유입됐음이 틀림없다. 여자가 예상했던 것보다 훨씬 단순했지만 무서웠다. 조산아들한테 간염은 순식간에 간경화로 진행되어 위중하게 만들고, 아이들이 사실상 고질적인 알코올 중독자와 같은 질환으로 죽게 되는 것이다.

 과장은 방금 뒤늦게 받은 검사 결과를 들고서 아이 부모에 대해 생각하고 있었다. 아니야, 아마 이 사람들은 소송을 걸지는 않을 거야. 그 누구도 신경 쓰이게 하지 않을 테고. 그녀는 직장 생활 20년 동안, 이와 유사한 일들을 직접적으로 설명하지 않으면서도 충분히 알아들을 수 있도록 단호하게 통보하는 방법을 이미 익혔다. 아무것도 할 수 없다면 할 수 없는 거다. 그녀는 눈물과 간청에 익숙하지 않지만 히스테리도 좋아하지 않았다. 그녀의 판단을 말없이 알아서 받아들여 주는 사람을 좋아했다.

 "B형 간염 양성 반응이 나왔어요."

그녀는 아침 회진 때 여자에게 말했다.

여자는 그게 무슨 말인지 얼른 알아듣지 못했다. '양성'이라는 단어가 헷갈려서 그냥 질문만 했다.

"그런데 우린 여기 얼마나 더 있어야 하죠?"

"이것 보세요, 지금 자명종 수리하러 오신 게 아니잖아요. 아이가 전염성 간염이라고 하는 아주 심각한 질병에 걸렸단 말입니다."

과장이 벌컥 화를 냈다.

"상태가 많이 심각해요?"

여자가 창백해진 얼굴로 허리를 곧추세웠다.

"아주 나빠요."

과장이 아랫입술을 깨물며 대답했다.

"몹시."

"아기 세례식을 하고 싶어요."

"교회로 데려간다고요? 무슨 말을 하는 거예요? 절대 격리실을 나가서는 안 돼요!"

"신부님을 여기로 모시겠어요."

과장은 신랄하게 반박하고 싶었지만, 자고 있는 아이를 보더니, 보일 듯 말 듯 어깨를 으쓱했다.

"정 그렇게 해야겠다면, 예외로 봐드릴 수는 있어요."

이른 아침이어서 남편은 아직 도착하지 않았다. 여자는 그가 올 때까지 자고 있는 아이를 안고 있다가, 그가 오자 빨리 교회로 가서 누구든 병원에 와줄 수 있는 신부를 찾아보라고 시켰다.

"당신은 그렇게 하면 아기를 구할 수 있을 거라 믿는 거야?"

그가 쓸쓸하게 물었다.

"아이가 세례 받았으면 해서 그래."

그가 다시 긴 복도를 따라갈 때 의사, 간호사, 수련의, 주임 의사, 가운과 운동복을 입은 아줌마들이 지나갔다. 누군가 그에게 겉옷도 벗지 않고, 신발도 갈아 신지 않았다고 지적했다. 바로 그날은 보건부에서 감사가 나오는 날이어서, 격리실 검열이 있었다. 여자들은 창가에 있는 음식들을 치워야 했고, 친지들과 모든 외부인들을 나가게 했다. 과장은 신부를 부르도록 허락한 것을 후회했지만, 나중에 생각해보니, 이럴 때 신부가 있는 것이 좋을 수도 있고 그를 잘 이용할 수도 있겠다는 계산이 섰다.

남자는 걸으면서 어쩌면 아내에게는 아이가 사망할 때 세례를 받았는지 받지 않았는지가 중요할지도 모른다는 생각이 들었다. 아이가 세례를 받지 못하면, 천국에 들어가지도 못하고 하느님을 볼 수도 없게 될 거라 믿고 있는지도 모른다. 하지만 태어나서 본 거라고는 병원과 주사밖에 없고, 그 많은 아픔을 견뎌야 했던 생후 2개월짜리 아기의 삶이 무슨 의미가 있을까 생각했다. 그리고 아이의 모든 것이 간염으로 인한 죽음으로 끝낼 수밖에 없게 됐는데, 사실상 둘 중 한 명은 걸렸다가 완치된다는 황달에 걸렸던 것을, 누군가의 어리석은 방심으로 인해 치명적인 바이러스를 아이한테 옮겨놓고, 그 어떤 약도 이 바이러스를 멈추게 할 수 없다는 사실에 몸을 떨었다.

그들이 죽음을 피하려고 아무리 애를 써도 죽음이 승리하고 있었다. 삶과 죽음도 기어가는 벌레를 갖고 노는 잔인한 사내 녀석들의 놀이 정도였겠지. 두 달간의 고통과 통증, 그리고 죽음이라니. 아내는 그에게 서두르라고 했지만 그는 그러고 싶지 않았다. 그는 죽어가는 아이의 침대에 낯설고 무심한 사람을 데려가는 그 순간을 미루기 위해 애쓰는 것 같았다. 이 아이는 그 신부가 세례를 준 수백 명의 아이들 중 한 명에 불과할 테니 이 아이가 죽는다 한들 무슨 대수겠는가? 이 성직자든 다른 성직자든 역시 무심하게 장례를 치르겠지. 유아 사망 통계 수치에 한 명을 더 추가하게 될 것이고 출생일, 사망일, 그렇게 1년에 두 번 찾아가기 위한 무덤 이외에 아무것도 없겠지. 우리가 끝까지 함께 살든 따로따로 살든,

앞으로 평생 이 두 달을 추억하며 살게 될 테고, 우리에게 남는 것은 아기 이름과 배냇저고리, 젖병, 침대뿐….

그는 아이가 죽은 상황을 이미 일어난 일처럼 차분하게 떠올려봤다. 진단이 옳았는지 확인하기 위해, 그리고 모든 의대생과 수련의들을 위해 의사들이 부검을 실시할 것이다. 앞으로 의사가 될 사람들에게 실수의 대가를 알게 하여 아기 혈액이 다시는 B형 간염 바이러스에 감염되지 않도록 하겠지. 그리고 소아 질병과 관련된 바로 이 사연과 우리가 겪은 고통이 누군가의 가슴을 울릴지도 모르고, 여기에 감동받은 사람이 훌륭한 의사나 양심적인 간호사가 될 수도 있겠지. 하지만 내 아들의 삶 전체와 그 아이가 겪은 고통이, 태만으로 인해 원자력 발전소가 폭발하고, 여객선과 화물선이 가라앉고, 기차가 충돌하고, 비행기가 부서지고, 가스관이 불타는 나라에서 의사들의 나태한 습관을 고치기 위해서만 쓰인다면, 국가적 중대사를 해결해야 하는 임무를 완수하는 데에 의의를 둬야 한다면 난 전혀 납득할 수 없다. 그동안 겪었던 모든 고통에 대한 대가로 내일 당장 내 아이가, 정작 나는 부족한 신앙심과 지은 죄 때문에 한 번도 본 적 없는 하느님을 볼 수 있게 되고 그분의 옥좌에 앉을 수 있게 된다 하더라도, 내가 그 어떤 것도 납득할 수 없기는 마찬가지다. 젊고 사랑스럽고 신앙심 깊은 내 아내에게는 이게 위로가 될 수도 있어서, 그녀는 생이 다하는 날까지 기도할 것이며, 욥처럼 주어진 고통에 대해 하늘에 감사할 테고, 언젠가 자신도 하늘에 가게 될 때 거기에서 만나, 무리 지어 서 있는 모든 천사들이 보는 앞에서 서로 부둥켜안겠지. 난 그런 건 하나도 두렵지 않아. 미래의 삶과 천국 따위는 언감생심 바란 적도 없고, 앞으로도 그럴 테니까. 그러니 영원한 고통이라는 것도 마찬가지지. 숙명이라는 건 없다. 난 절대 그렇게 생각하지 않는다. 내 아들을 죽인 것은 자연이다. 얼어붙은 이 도시를 떠나 내가 그토록 대단하게 여기며 찾아갔던 그 자연 말이다. 자연은 아이가 태어나는 것을 원치 않았지만, 죽음에 대한 자연의 법칙에 따라 사망했어야 할 아이를 약삭빠른 인간들이 그렇게 놔두지 않았지. 인간들은 자연을 감쪽같이 속이려 했지만, 상대가 어떤 존재인지는 아는 바 없었다. 우리가 합당하다고 여기는 것, 혹은 기적이나 자비라고 여기는 것과 상관없이 자연은 스스로의 선택에 따라 움직인다. 지상에 내 아이를 위한 자리가 없다면, 자연은 어떻게 해서든 자신이 할 일을 해낸다. 이에 불만을 표출하거나 잘못한 사람을 찾는 것은 인간의 사망에 대한 책임이 지진, 화산 폭발, 혹은 눈사태에 있다고 하는 것과 마찬가지로 어리석은 짓이다. 어떤 질병이든 어떤 바이러스든 인간의 개체수를 조절하는 수단으로서만 기능할 뿐이다. 수염 난 노인이나 꼬리 달린 악마, 혹은 입담 좋은 부처가 이 일과 무슨 상관이란 말인가?

9

 교회는 닫혀 있었다. 안에서는 가락이 맞지 않는 노래가 들렸다. 교회 성가대가 합창 연습을 하고 있는 것 같았다. 남자가 정문을 두드렸지만 열리지 않아 쪽문을 통해 교회 담장 안으로 들어가 자그마한 신부 거처로 갔다. 아무도 그를 제지하지 않았고, 그는 현관으로 들어서서 문을 열었다. 넓은 방에는 커다란 탁자가 성상화 아래 놓여 있었고 몸집이 자그마한 노인이 서너 명의 노파들에 둘러싸여 앉아 있었다. 하얀 스카프를 두른 노인은 깔끔하고 말쑥해 보였는데, 덥수룩한 수염에 검은 사제복 차림으로 차를 마시고 있었다. 할머니들은 그에게 뭔가 불만을 토로하고 있었는데, 그는 그 말을 듣고 있지 않은 것처럼 차를 홀짝이며 마시고 있었다. 그는 상냥한 표정으로 남자를 보더니 미소 지어 보였다.

 할머니들은 얼른 돌아보더니 손을 내저었고, 두 명이 자리에서 일어나 그를 문밖으로 밀어내려 했다. 고함치고 크게 화내는 소리도 들렸지만 남자는 문설주를 잡고 버티며 꿈쩍도 하지 않았다.

"자, 자, 조용히 하세요. 너무 소란스럽군요. 당신은 저를 찾아온 건가요?"

노인이 말했다.

남자가 찾아온 이유를 밝히자 할머니들은 이내 다시금 고함을 지르고 언성을 높이기 시작했다. 신부님은 은퇴하신 지 오래돼서 미사를 집전하시지도 않는데, 하물며 병원에 간다는 것은 말도 안 되는 소리라는 것이다. 하지만 할머니들의 언성이 높아질수록, 남자는 바로 저런 사람이 아내한테 필요하다는 확신이 더욱 들었다.

그는 병원으로 가는 동안 신부에게 아들에 대한 사연을 전부 다 말했지만, 신부는 불만을 토로하는 할머니들한테 그랬듯 그다지 귀담아듣는 것 같지 않았다. 격리실에 도착하자 신부는 애 엄마만 남게 하였다. 30분 후에 신부가 나왔다. 여자는 그의 팔짱을 끼고서 나란히 걸었고, 남자는 간간히 그들의 대화를 엿들었다.

"저는 아이가 힘들어하지만 않았으면 좋겠어요. 애가 무슨 죄예요?"

"자네가 원하는 게 그런 거였군."

신부가 준엄하게 말했다.

"어리석게 굴지 말고, 쓸데없는 질문도 하지 말게나. 어차피 아무도 자네한테 대답해주지 않을 테니까. 의사들 말도 너무 듣지 말고. 누가 언제 신에게로 갈지는 아무도 알 수 없는 일이지. 자, 신의 가호가 있길!"

"보아하니 저 양반은 너무 늙어서 아무것도 이해하지 못하는군."

남자가 우울하게 말했다.

또 한 주가 시작되었다. 벌써 병원에 온 지 3주 차다. 다시금 교수들과 의사들, 실습생들이 드나들었고, 다들 아기의 소변과 대변 색이 어땠는지 똑같은 질문을 하는가 하면, 아기의 혀와 입천장, 그리고 눈 흰자위를 들여다봤다. 하지만 간염의 명확한 징후는 그 어떤 것도 없었다.

그러더니 흥미를 잃고 아기를 완전히 잊은 듯 들여다보지도 않았다. 아기가 앞으로 얼마나 더 살 수 있는지, 인큐베이터 기간이 연장될 수도 있는지 말해주는 사람은 아무도 없었고, 또다시 기다려야만 했다. 남자는 아침에 보온병이 담긴 가방들을 가지고 병원에 갈 때마다 아내가 무슨 말을 할지, 밤새 어떤 무서운 일이 일어나지 않았는지 걱정이 됐다.

그는 사람이 얼마나 오랫동안, 어느 정도까지 고통받을 수 있는지 생각해 본 적이 없었다. 고통은 괴로움, 증오, 사랑까지도 포함해 그의 모든 것을 빨아들였다. 그는 고통과 함께 잠들고 고통과 함께 깨어났으며, 그가 무엇을 하든 고통은 무뎌지지도 약해지지도 않고 그가 사는 동안 매 순간을 함께했다. 그러다가 잠시 멍해지는 순간도 있었다. 이른 아침 병동에 들어서기 직전은 살면서 가장 무서운 시간이었다. 바로 그날에 아들의 살아 있는 모습을 볼지 죽은 모습을 볼지 알 수 없었기 때문이다. 그 순간 남자는 문 앞에서 걸음을 멈추고, 평소처럼 서두르지 않고 담배를 꺼내 천천히 다 피우고 나서, 나뭇잎이 다 떨어진 촉촉한 나무 꼭대기에 기대 있는, 낮게 내려앉은 흐린 하늘을 올려다보곤 했다. 그러다 불현듯, 자신이 혼자가 아니라고 느껴졌다. '고통은 신이 우리를 버리지 않았다는 증표다.'라는 생각이 들었기 때문이다.

그의 옆으로 젊은 간호사 두 명이 웃으며 지나갔다. 그들은 이미 그의 얼굴을 잘 알고 있어 반갑게 인사했다. 차 한 대가 지나갔다. 아기를 안은 여자가 차에서 내려 그에게 다가와서는 병동으로 가는 길을 물었다. 그녀에게 길을 알려주고는 자신도 이제 가방을 가지고 복도를 따라 걸어가야겠다는 생각이 들었다. 병원 사람들은 이미 오래전부터 그에게 아무도 관심을 가지지 않았다. 그는 병원 복도를 지나, 벌써 몇 달 동안 심각한 심장 판막중이 있는 딸이 입원하고 있는 맞은편 격리실의 젊은 여자에게 고개를 끄덕여 인사하고 나서, 아이가 있는 격리실로 가서 아내가 좀 씻고 쉴 수 있도록 하루 동안 집에 가 있게 하고, 자신은 유축해 놓은 모유를 아기에게 먹여야겠다고 생각했다. 이상하게도 아내의 모유는 끊어지지 않았다. 그녀는 밤에만 잠깐 쉬고는 하루에 일곱 번, 세 시간마다 수유를 했고 아기에게 사과주스 한 방울씩, 그리고 숟가락 끝으로 응유를 주기 시작했다. 이것은 첫 번째 이유식이었다. 그녀는 아이가 눈으로 장난감을 따라가도록 가르치기도 하고, 아이에게 웃어 보이거나 어르기도 하는 등, 아픈 데가 전혀 없는 아이 대하듯이 했다. 보아하니 아내는 훨씬 더 현명해서 이제 걱정하지 않는 것 같았다. 완전한 사랑은 두려움을 모른다. 그렇게 되기까지 아주 오랫동안 힘들게 살아야 하지만, 많은 고통을 견디다보면 단 한 가지, 감사의 느낌을 경험하게 될 것이다.

그는 문을 열고 현관으로 들어갔다. 유모차가 서 있고 신년 신문이 걸려 있었다. 재킷을 벗고, 신발을 갈아 신었다. 가장 평범한 날이었다. 그런 날이 앞으로 얼마나 더 있을지, 그에게 얼마나 허용될지 모르는 일이었다. 그들이 어떻게 아이 없이 여기를 떠날지 따위는 생각지 않으려 애썼다. 아무리 완벽한 사랑이라 해도 역부족인 것이 있기 마련일 테니······.

아내는 첫날에도 그랬던 것처럼 문을 등지고 앉아서 아기에게 젖을 주고 있었다. 그가 부르자 그녀가 돌아보았는데, 그녀는 울고 있었다. 아기는 그녀에게 안겨 잠들어 있었고, 그녀는 심술 난 아이처럼 눈물을 흘리며 흐느껴 울었다. 그 모습을 보자 남자는 왠지 그들의 첫날밤이 떠올랐다. 당시 그는 자기가 그녀의 첫 남자가 아닐 것이라 확신하고 있었고, 그래서 속으로 체념하고 있었다. 하지만 그녀는 분명 처녀였다. 그가 어설프게 처신해서인지, 아니면 그녀가 몹시 속상해서였는지 몰라도 그녀는 아침까지 울었고, 그들 사이에 일어난 불화를 그들은 극복하지 못하고 있었다.

그는 그녀에게 다가가 그녀와 아기를 꽉 끌어안으면서, 아마 이런 게 행복이 아닐까 생각했다. 이제 아이를 또 갖게 되지는 않겠지만.

그녀는 울음을 멈출 수 없었다. 내내 뭔가 말하려 했지만 눈물이 방해했고, 그는 그녀를 끌어안으면서 마치 '괜찮아, 아무 말 하지 않아도 돼.'라고 말하듯 고개를 내저었다.

하지만 그녀는 그를 밀어내면서, 눈물을 삼키고, 사랑과 고마움이 담긴 눈길로 그를 바라보며 말했다.

"아니야, 당신이 생각하는 것과 완전히 다른 거야. 아침에 과장이 왔었는데… 그 사람들이 그동안 계속해서… 반복해서 검사를 했는데… 첫 번째 검사 결과는… 그건 확인되지 않았고… 뭐가 잘못된 건지, 아님 내가 모르는 뭔가가 있는지 모르겠지만… 아무튼 애한테는 아무 문제가 없대."

* * *

 아기는 이 침침하고 후덥지근한 방과 흰색 유성 페인트를 칠한 철제 아기 침대, 자기를 검사하러 오는 여러 사람들, 나뭇가지를 기어가는 바퀴벌레에 이미 익숙해져서 있어서, 어느 날 배냇저고리 차림이 아닌, 털목도리와 이불 두 장에 싸여서 복도로 나가자 깜짝 놀랐다. 아이가 잉태된 지 정확하게 열 달째 되는 날이었다. 대도시와 시골에서, 환해서 피곤한 나라에서, 온통 알록달록하고 온갖 소리와 온갖 꽃들이 가득한 세상에서 이 아이와 동시에 잉태되었던 아이들은 태어나 첫울음을 터트리고, 이 아이가 인지하게 된 그 어느 것 하나 모른 채로 엄마 젖을 게걸스레 물고 힘껏 생명을 빨아들였을 것이다.
 여자는 아기를 안고 복도를 걸어가면서 병원과 의사, 간호사들과 작별 인사를 했다. 그들에게 품었던 악감정이 없어진 지는 오래였다. 2월 중순, 봉헌 축일이었다. 겨울은 봄과 만났고, 시몬은 아기 예수를 만났다. 다시 말해, 그들은 그녀가 두려워했던 그 문턱을 넘어선 것이다. 죽음은 등 뒤에 남겨졌으며, 평온을 찾은 아기는 그녀의 품에서 잠을 청했다. 아기의 앙증맞은 눈은 초록색 벽을 따라가다가, 깜빡이는 흐릿한 램프와 수간호사의 주름진 얼굴에서 멈췄다. 봄 햇살과 요란하게 지저귀는 새소리가 얼굴에 흩뿌려지자 아기는 눈을 반쯤 감았다. 따스하게 밀려오는 잠은 그를 더 먼 곳으로 데려갔다. 굉음과 휘파람 소리와 바람 그리고 아직 한 번도 그렇게 많은 적이 없었던 빛으로 가득한 삶으로.

작가의 말

친애하는 한국 독자들에게!

저는 오래전 제 아들의 출생에 얽힌 일을 담은 소설을 썼습니다. 물론 작품 속 등장인물들, 특히 주인공들의 캐릭터는 상상을 통해 구현된 인물이지만 기본적인 바탕이 되는 것은 현실에서 직접 비롯된 것입니다. 다시 말하자면, 현실에서 있었던 일을 작가가 활자화시킨 것이 이 작품이라는 겁니다. 문학이라고 하는 것은 본질적으로 삶을 문자로 옮긴 것이니까요. 그러니 원문이 선명할수록 옮기는 작업이 더 잘되겠죠. 그 일은 벌써 한참 오래전에 있었던 것으로, 힘들기는 했지만 지금 생각해보면 참으로 행복했던 순간이었고, 그렇기 때문에 『탄생』이 운 좋은 작품일지도 모르겠습니다. 이 작품은 많은 호평을 받았고, 주요 문학상들도 수상한 바 있으며, 여러 언어로 번역되기도 했고, 말로 다할 수 없이 기쁘게도, 이제 한국 독자에게까지 읽히게 됐습니다.

여러분의 멋진 조국을 저는 무척 소중하게 여기고 있습니다. 제가 종종 만나서 작업하는 분들을 보면 한국인들은 무척 지혜로우니까요. 희망과 절망, 사랑과 믿음, 아이뿐만 아니라 엄마, 아빠의 탄생, 가족의 탄생 등에 대한 이야기가 우리의 이 거대한 대륙의 양 끝에서 공감을 얻을 수 있으면 좋겠습니다. 어느 러시아 작가가 말하길, 이 세상 모든 아이들은 같은 언어로 운다고 합니다. 그렇다면 웃음의 경우에도 마찬가지라고 덧붙일 수 있을 겁니다. 아이를 기다리는 모든 여성 역시 각자 독특하면서도 뭔가 유사한 일을 경험하고 있겠지요. 보편적인 것과 개별적인 것, 혈연적인 것과 개성적인 것, 그 관계 안에는 문학이 표현하고자 하는 인간 삶의 중요한 비밀이 내포되어 있으며, 작가는 그저 자기 얘기를 들려주고 아픔을 치유하고 싶어 하는 것이 아닐까 합니다.

2020년 11월 모스크바에서

알렉세이 바를라모프

옮긴이의 말

  한국에서 아무리 독서 인구가 줄어든다 해도 한국인 가운데 톨스토이나 도스토옙스키, 푸시킨 등과 같은 러시아 작가를 모르는 사람은 찾아보기 어렵다. 냉전 시기의 폐해로 멀게만 여겨졌던 러시아가 1990년 한국과 수교를 맺고, 러시아 대통령 고르바초프가 방한하면서 양국 교류는 다양한 분야에서 봇물 터지듯 진행되었다. 문화·예술 분야에서의 개방은 이전까지 19세기 작가에 편중되어 있던 한국에서의 러시아 문학 연구에도 영향을 미쳐 훨씬 다양한 서적이 번역, 소개되었으며, 러시아에서 진행되고 있던 현대의 새로운 문학적 시도들도 접할 수 있는 기회가 열렸다. 올해는 한·러 수교 30주년이 되는 해이다.

이러한 활발한 교류에도 불구하고 알렉세이 니콜라예비치 바를라모프(Alexey Nikolaevich Varlamov)라는 이름이 우리에게 낯설게 여겨지는 것은 유감이다. 현재 고리키문학대학 총장인 그는 러시아에서는 소설가로, 전기 작가로, 평론가로, 교육자로 활발하게 활동하고 있다. 특히 그가 2000년에 발표한 평론 「살해」는 오래전 도스토옙스키가 제기했던 러시아에서의 '윤리성' 문제를 현대적 시점에서 재조명했다는 평가를 받았다.

이미 50편 이상 발표된 바를라모프의 작품들을 보면, 시대적 배경이 언제이든 거의 대부분 국가적·민족적 문제를 곳곳에서 거론하고 있다. 이는 소설 『탄생』에서도 마찬가지다.

그가 격리실로 돌아와 보니, 아내는 아기 기저귀를 채우고 있었고, 욕조에선 물이 흐르고 있었다. 어둠이 깃드는 탁자 위와 바닥에 바퀴벌레가 나타났다. 전국 최고의 병원인데도 불결함, 도난, 뒤죽박죽, 나쁜 짓… 여전히 다 똑같다. 폭동, 혁명, 개혁, 페레스트로이카, 독재 체제들이 일어나도 다 똑같은 것처럼 말이다. (중략) 우리의 운명이자 숙명인데, 자촌감이 있는 사람이라면 그 누구도 자기 아이를 그런 상황에 처하게 하거나, 임산부를 세 시간이나 구급차를 기

다리게 만들지는 않을 것이다. 그 어떤 정부도 그렇게 되도록 내버려 두지는 않을 것이다.(173~174쪽)

  생각지도 못했던 '아버지'가 되면서 난생처음 가족으로 인한 긴장과 불안에 휩싸여 있던 주인공은 어디보다 위생적이어야 할 소아중환자병동에 돌아다니는 바퀴벌레를 보자 절망감이 최고도에 이르고야 만다. 태아가 어떻게 될지 모르는 위급 상황에서 임신부 병원 이송을 위해 구급차를 세 시간이나 기다려야 하는 의료체계, 아이가 위중한데 병원 대신 치료제를 구해야 하는 것은 아닌지 걱정하는 환자 가족, 제대로 된 처우를 받지 못하고 국가가 정하는 데로 근무지를 옮겨야 하는 의료진, 출산에 대한 존중감이라고는 전혀 찾아볼 수 없는 관련 기관 종사자들. 이런 조악한 현실은 평소 국가에 대한 자부심이 남달랐던 주인공에게 충격 그 자체였다.

  사람들이 러시아를 욕하거나 러시아를 겁 대가리 없는 천치라고 부를 때면, 난 여기가 내 나라고, 다시없을 내 조국이라고 언제나 자랑스럽게 말하곤 했다. 우리가 구차하게 노예처럼 살고 있는 것은 우리의 운명이자 평등과 정의에 홀렸던 세대가 저지른 잘못에 대한 대가이다. 그래서 나

는 이 빚을 갚을 준비가 되어 있었지만, 그건 나한테 아이
가 없을 때 얘기다.(175~176쪽)

 전에는 보이지 않던 조국의 낙후성은 신성해야 하는 종교적 영역에서도 여실히 드러난다. 엄숙하게 진행되어야 하는 세례식 공간에서 사람들은 마치 유원지에 온 듯 제멋대로 떠들어대고, 성찬 예식을 거행하는 신부에게서도 신성함은 찾아볼 수 없다. 심지어 신부들은 산부인과 분만실에서 부활절 예복 차림으로 산모들과 유료 기념촬영을 해주기도 한다.
 1995년 〈신세계〉에 발표되었던 『탄생』으로 바를라모프는 안티 부커상을 수상했다. 1987년에 단편 「바퀴벌레」로 등단한 이래, 그의 작품 세계가 농익은 『탄생』에 이르러 각종 상을 수상하기 시작하였다. 이후 그는 문학계와 언론에서 수여하는 다양한 문학상을 수상하였으며, 2003년에 제정되어 삼성이 후원하고 있는 '야스나야 폴랴나상'의 오랜 심사위원이다. 2015년에는 '창원KC국제문학상'을 수상하며 한국을 방문하기도 하는 등 한국과도 인연이 있는 작가다.
 바를라모프 소설에 대한 뒤늦은 소개가 아쉬운 또 다른 이유는, 한국 독자들에게 러시아 문학에 대한 새로운 활력을 가져다줄 수 있는 계기가 그만큼 늦어졌기 때문이다. 그는 한

국에도 작품이 번역 소개된 알렉세이 톨스토이와 알렉산드르 그린, 미하일 불가코프, 미하일 프리시빈, 안드레이 플라토노프 등 거장들에 대한 전기와 평론들을 다수 발표했으며, 2006년에는 20세기 러시아 문학 발전에 크게 공헌한 데 대해 '솔제니친상'을 수상하기도 했다.

러시아의 정치적 격동기를 거쳤던 작가들의 삶과 문학, 그들의 철학을 섬세하게 조명함으로써 러시아의 새로운 미래에 대한 비전을 모색하고자 했던 그의 시도는 『탄생』에서도 곳곳에 모습을 드러내고 있다. 서른다섯 늦은 나이에 첫 임신을 하게 된 주인공이 태아를 지키고자 살얼음 위를 걷듯 하루하루 조심스레 살았음에도 불구하고, 임신 30주 만에 위급 상황을 맞닥뜨려 죽을힘을 다해 힘겹게 병원까지 가는 여정은 러시아의 시대적 상황과도 겹친다. 작품 속 아이가 태어난 1993년은 러시아로서는 또 다른 국가적 실험기로도 여겨지는 격변기라는 사실도 상징적으로 받아들여진다. 1993년 옐친 대통령이 국회의사당을 폭격하여 의회를 강제 해산시킨 '검은 10월'을 배경으로 한 아이의 탄생이 제시된다.

그는 한국을 방문했던 2015년 인터뷰 기사에서 문학이 무엇이라 생각하느냐는 질문에, 문학은 인간의 삶을 번역한 것이라 답한 적이 있다. 작가의 창조적 발상이기보다는 '삶'

이 주체적으로 작가를 도구로 하여 자신을 작품으로 드러내고 있다는 것이다. 사실 이런 생각은 많은 작가들이 경험하고 있는 것이기도 하다. 시작은 자신이 했지만 어느 순간부터 이야기가 자신을 이끌고 간다고 여겨지는 이유가 그 때문인지도 모르겠다.『탄생』은 소설이지만, 독자는 그 허구 속에 담긴 현실을 발견할 수 있을 것이다. 그리고 정치적 격변기의 혼란 속에서 러시아인이 피해갈 수 없었던 갈등과 망설임, 좌절과 분노를 읽으며, 도스토옙스키와 톨스토이의 이미지에서 성큼 나아가 현대 러시아의 또 다른 모습을 만날 수 있으리라 믿는다.

2020년 11월 서울에서
라리사 피사레바·전성희

옮긴이 라리사 피사례바

러시아에서 태어나 고리키문학대학 문학번역과를 졸업하고 동 대학원에서 박사학위를 받았다. 고려대학교 대학원에서 한국 현대시 전공으로 박사학위를 받았다. 러시아작가협회 회원이다. 중앙대학교 유럽문화학부 러시아어문학전공에서 학생들을 가르치고 있다. 『한국 불교시』(2014)와 『한국 현대시집』(김현택 공동번역, 2004)을 러시아어로 번역하였다.

옮긴이 전성희

서울에서 태어나 고려대학교 노어노문학과를 졸업하고 동 대학원에서 박사학위를 받았다. 대구매일신문 신춘문예에 동화가 당선되면서 작가 활동을 시작하였다. 지은 책으로는 『게임의 비밀』, 『깜장고무신』, 『동화, 콘텐츠를 만나다』, 『한국과 러시아의 설화이입사』 등이 있으며, 옮긴 책으로는 『밤은 태양이다』, 『사과가 있는 풍경』, 『예울리』 등이 있다. 현재 고려대와 경희대 등에서 학생들을 가르치고 있다.

탄생

ⓒ 2020 알렉세이 바를라모프

1판 1쇄 발행   2020년 12월 3일

지은이   알렉세이 바를라모프
옮긴이   라리사 피사례바 · 전성희
펴낸이   김재문

책임편집   정수연
디자인   이정아
펴낸곳   출판그룹 상상
출판등록   2010년 5월 27일 제2010-000116호
주소   (06651) 서울시 서초구 반포대로 14길 71 서초에클라트 1508호
전화   02-588-4589
팩스   02-588-3589
홈페이지   www.sangsang21.com

ISBN   979-11-91197-01-3 (03890)

* 이 책의 판권은 지은이와 출판그룹 상상에 있습니다.
  이 책 내용의 일부 또는 전부를 재사용하려면 사전에 양측의 동의를 받아야 합니다.

* 이 도서의 국립중앙도서관 출판예정도서목록(CIP)은 서지정보유통지원시스템 홈페이지
  (http://seoji.nl.go.kr)와 국가자료종합목록 구축시스템(http://kolis-net.nl.go.kr)에서 이용하실
  수 있습니다.(CIP제어번호: CIP2020048425)